【环保中国·自然生态美文馆】

迪玛多山的秘密

主编◉马国兴　吕双喜

郑州大学出版社

图书在版编目(CIP)数据

迪玛多山的秘密/马国兴,吕双喜主编. —郑州:
郑州大学出版社,2015.6(2023.3 重印)
(环保中国·自然生态美方馆)
ISBN 978-7-5645-2285-8

Ⅰ.①迪… Ⅱ.①马…②吕… Ⅲ.①小小说-小说
集-中国-当代 Ⅳ.①I247.8

中国版本图书馆 CIP 数据核字(2013)第 097878 号

郑州大学出版社出版发行
郑州市大学路 40 号　　　　邮政编码:450052
出版人:孙保营　　　　发行部电话:0371-66658405
全国新华书店经销
三河市鑫鑫科达彩色印刷包装有限公司印制
开本:710 mm×1 010 mm　1/16
印张:13
字数:194 千字
版次:2015 年 6 月第 1 版　　　　印次:2023 年 3 月第 2 次印刷

书号:ISBN 978-7-5645-2285-8　　　　定价:42.00 元

“环保中国·自然生态美文馆”

总 策 划 、总 主 审

杨晓敏　骆玉安

编委名单

主　编　马国兴　吕双喜

副主编　王彦艳　郜　毅

编　委　连俊超　李恩杰　李建新
牛桂玲　胡红影　李锦霞
段　明　孙文然　郑　静
梁小萍　郑兢业　步文芳

序

在当下的文学大家族里，一些具有良好文学潜质的小小说作家，在经过多年的创作实践后，不仅在掌握小小说文体的艺术规律上愈加稔熟，能在字数限定、结构特征和审美态势上整体把握到位，而且在创作上有意识地思考，即在选择题材、塑造人物和表现形式上，也彰显出个性化的自觉追求。

比如，小小说作家在自然生态题材领域的探索，就为这个新兴文体的良性生长注入了鲜活的元素。

作家首先是一个人、一个公民，不能丧失人类良知和社会使命感。同理，作家首先是自然的一分子、自然的儿女，不能丧失生态良知和自然使命感。在愈演愈烈的生态灾难危及整个自然、整个人类之存在的时期，众多的小小说作家，以自己艺术化的作品，直面不断恶化的生态现实，反思人类陈旧的思想观念，赢得了读者的尊重与喜爱。

《环保中国·自然生态美文馆》丛书，集中展现了小小说作家以独特的艺术形式，探讨具有普适性的自然生态思想问题。

蔡楠的《行走在岸上的鱼》，传导多层面的文化信息，以诡异的题旨、唯美的笔调、梦幻一般的结构、强烈的批判意味，不动声色地解构现代文明在提升人们生存质量的同时，囿于人类无节制的欲望，正在把难以负重的大自然，一步步挤压得窘迫无奈，连鱼儿也出水逃逸。在作者眼里，什么都是可以变异的。所谓文明也是一柄双刃剑。人既可以用自己的聪明才智，创造出征服自然的硕果，当然也可以滋生为一种贪婪无度，来吞噬掉人类与大自然和谐相处的生态家园。

申平的《绝壁上的青羊》，注重象征手法的使用和宏大主题的有效表达。作者写一个农民为给儿子治病，不惜铤而走险到绝壁上去猎杀青羊。青羊本身就非常弱小，被人类和猛兽逼上绝壁；而农民同样作为弱势群体，因为看不起病而被逼上绝壁打猎。这两个弱势代表在绝壁上相遇，最后农民发现青羊怀孕而不忍心杀害它。农民最后挂在绝壁上，远远望去就像是一只青羊。这种象征意义远远超出了作品的主题本身，形成了一种非常形象而强大的冲击力。

非鱼的《荒》，结构奇崛，题旨宏大，语言叙述张弛有致。作者把政治、社会、人生、环境等重要元素糅合在一起，反诘着振聋发聩的古老命题。一种精神上的空虚几近令人崩溃，无处可遁。在不到两千字的篇幅里，作者以犀利的笔锋，剖开社会生活的截面，以清晰可鉴的年轮印痕，折射出人类进化史的缩影，也是小小说"微言大义"在主题指向上的鲜明体现。

安石榴的《大鱼》，立意高远，结构精当，叙述从容，留白余响。人类的文明进步和大自然的原始形态能否和谐相处，一直是一组被反复拷问的矛盾。人应该靠自律和品行的升华，才能为这个世界乃至自身带来福音。不仅仅是"打死也不说"，而且是"打死也不做"。作品的叙述不疾不徐，流淌诗意，故事情节虽呈跳跃性，表述起来却十分工稳内敛，环境、人物、气氛与题旨恰如其分地糅合在一起。

袁省梅的《槐抱柳》，以诗意的语言、不断变换的视角，描写了一位与恶劣环境抗争的老人。作者笔下倾注了全部温情，把忧心和倔强、淳朴和狡黠表现得淋漓尽致，艺术地展现了生活的真实性和人物的典型性。这里，人与自然之间相互关照的理想主义思绪在鼓荡，成为一种诉求。人如此，树如此，一个村庄如此，一个民族巍然亦是如此。于是老人与树融为一体成为一种寓意、一种象征。

此外，孙春平的《老人与狼》、陈毓的《假若树能走开》、刘建超的《流泪的水》、刘国芳的《但闻人语响》、夏阳的《好大一棵树》、曾平的《村子》、何晓的《一个人的古树名木》，等等，这些代表性作家和优秀作品所折射出来的才华，以及对社会、人生、文学的深层理解，即使和从事别样体裁写作的同行比较，也不逊其后。

阅读这些以美感丛生的语言质地表达出复杂含义的佳作，不由得让人产生深层思考：

人类自鸿蒙初开，一路走来，整天把"征服自然，改造自然"的口号作为自己骄傲的旗帜，而今数千年过去，人类社会似乎是愈加趋于高度文明了，可扪心自问，由于携带着人性的丑恶和私欲，我们在栽种绿树鲜花之时，还注入了多少蒺藜的种子使我们自吞苦果？

农药使田野的鸟儿濒临绝迹，污染的江河不再清澈，一个巴掌大的山塬桃林，竟能成为方圆百里的风景名胜。在几乎是钢筋水泥构成的环境里，人类还能为孩子们谱写鲜活的童话吗？

在急功近利地提升物质生存指标时，如果不铲除贪婪、掠夺和占有的毒瘤，社会生活必然滋生浮躁、罪恶和恐惧，人类自己的灵魂将在哪一片净土上栖息？

显然，只有推行环境保护和修复心灵的工程，天、地、人才能和谐相处，世界才不至于畸形和扭曲。每一个人都是自然生态的接口，自身的积极努力必会促使自然生态的提升，谁也不要看轻了自己。

是为序。

杨晓敏

2015 年 1 月

目录

流泪的水

刘建超

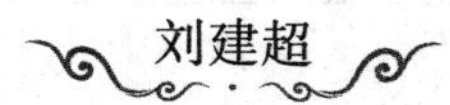

一个游人迷了路，无意中走入了深山里的村寨。村寨人很好客，拿出最好的山珍野味、自酿的陈年老酒款待他。游人很感激，可是他没有什么东西可以回赠，包里只有一瓶矿泉水，他就把矿泉水送给了这家的大眼睛孩子。游人回去的路还很长，大眼睛孩子的爸爸把一只葫芦灌满了自家缸里的水，让游人带着路上喝。

村寨的孩子没有见过塑料瓶瓶里装的水，都很稀奇，一瓶水在孩子们的手里传来传去。

"城里人喝的水就是高级啊，别说水了，就是这瓶瓶也得值好多钱啊。"

"打开尝尝呗，咱也当当城里人。"有孩子提出建议，十几双眼睛流露出渴望，眼巴巴地看着大眼睛。

大眼睛慢慢拧开了矿泉水瓶盖，小心翼翼地往瓶盖里倒满了水——"每人就这么多，谁也不准多喝。"

从最小的孩子开始，一人一瓶盖。先喝了水的孩子在吧嗒着嘴品味，等待喝水的孩子咽着口水。

每个孩子都喝过之后，大眼睛才自己端着小瓶盖喝了一口，品品，又喝了一口。大眼睛哭了，泪水流进嘴角，咸咸的。

城里人喝的水就是有味道，和村子里的泉水不一样，不一样就是特别，

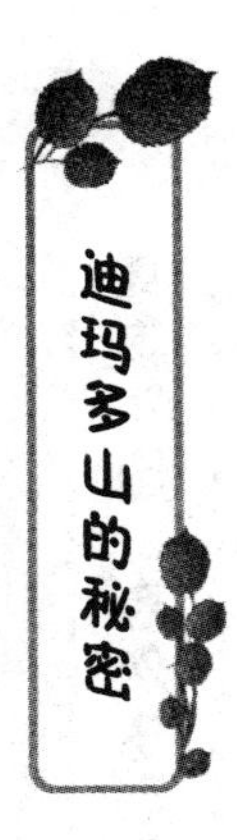

特别就是好，好就令人向往。大眼睛希望自己也像那个游人一样，去遥远的大城市，喝这种装在瓶瓶里的不一样的水。

大眼睛有了城里人的水，每天都会有孩子围着他，想尝一瓶盖城里人的水。没几天，那瓶子里的水就喝完了，大眼睛就把自家水缸里的水灌入瓶瓶里，还是满满一瓶。孩子们知道，大眼睛瓶瓶里的已经不是城里的水了，他们不再围着他讨要，也不来和他玩了。

大眼睛时常带着那瓶水，坐在山崖上，看着远处的天际。他鼓励自己，一定要走出大山，去遥远的城市。

从大山里走出来的游人回到了城市。游人的妻子准备了丰盛的晚宴，游人的朋友都被邀请来家里庆贺。推杯换盏之间，有人看到了挂在墙上的葫芦，说："这就是你说的山里人自己酿制的陈年老酒吗？"

游人想开个玩笑，说："就是，你尝尝。"

朋友就打开了葫芦的塞子，倒了一杯，一饮而下。

游人忍住笑，故意问："味道怎么样？浓烈吧？"

朋友没有说话，又倒满一杯喝干，泪水便从朋友的眼角流下。朋友说："甘露，甘露啊。天啊，这是神水吧？神水！"

大家好奇，都倒了一杯饮下。果然神奇啊，水的原始风味沁入肺腑，仿佛能看到那清澈晶莹的山泉，能嗅到儿时记忆的味道，个个禁不住泪流满面。

朋友说："快去找到这个山寨，咱们大家入股投资办个天然饮用水厂，直接灌装就行啊。这水的牌子就叫'老家的味道'，准保火啊。"

一拍即合，众人开始筹资注册，项目评估。建筑大军开始修路架桥，寂静的山寨首次迎来机械轰鸣声……

后来，大眼睛孩子走出了山寨，到繁华的都市上大学，毕业后就留在了都市。大眼睛谈恋爱了，女孩是在城市里长大的，她教会了大眼睛怎样在都市里生存。

大眼睛已经习惯喝装在瓶瓶里的城市水，城市的水麻木着他舌头上的

味蕾。他开始怀念家乡山寨的山泉，怀念家乡清凉澄澈沁人肺腑的甘爽。

女孩来了，带来了一瓶天然水，牌子是“老家的味道”。

女孩说：“你尝尝，喝了你就不想家了。”

大眼睛喝了，说：“这比我家乡山寨的清泉水差远了。”

女孩不解地问：“水还有什么区别？除了卫生不卫生，水是透明无色无味的啊。”

大眼睛说：“那是教科书上对水的定义。一方水土养一方人，水不但有味道，还有情感，有知觉。啥时候我带你去我们山寨，尝尝我们山寨的清泉水，保证你一辈子都忘不掉。”

女孩说：“我才不相信呢。”

大眼睛真的就带着女孩去了山寨。山寨已经通了公路，有了公共汽车，原来居住的村子已经搬迁，修建了宾馆度假村。空气中弥漫着混合的味道，各种加工厂正在把山寨的资源变成花花绿绿的钞票。

山泉已经不见了踪影，山寨的那口老井还破烂不堪地废弃在那里。

大眼睛把瓶子系上绳子，从老井里提起一瓶水。他把瓶子递给女孩说：“尝尝，尝尝，什么叫刻骨铭心。”

女孩嘬了一口，又嘬了一口，茫然地看着大眼睛。

大眼睛夺过瓶子，仰头咕咚咕咚几大口，泪水顺着脸颊流淌，流进嘴角的泪水也比这瓶子里的水强一百倍啊。

女孩问大眼睛：“你怎么了？”

大眼睛看着老井：“这是怎么了？！”

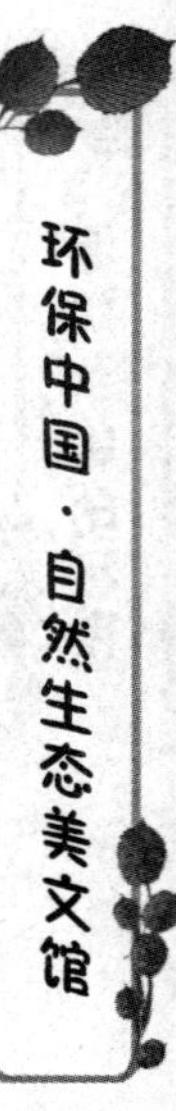

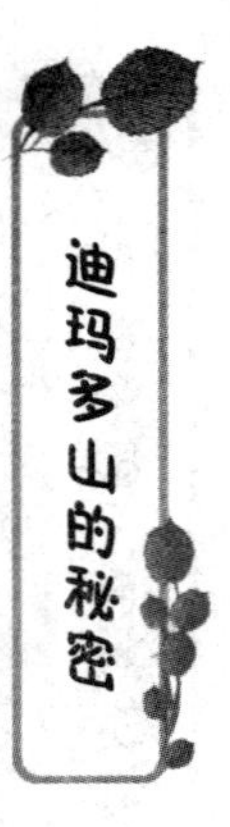

将军树

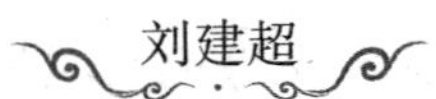
刘建超

将军指着眼前一片茫茫的戈壁滩，用仅存的左臂潇洒威武地一挥："同志们，这里就是我们的新家，搭帐篷。"金黄的戈壁滩星罗棋布地支起泛着淡淡绿色的蘑菇般的帐篷。

将军走进一顶帐篷，看到敬着军礼的小战士脸上挂着一滴未来得及拭去的泪珠。将军和蔼地笑了："怎么，小鬼，想家了？"

小战士抹了把脸："报告首长，没有。"

将军把自己的手绢递到小战士的手里："那你哭啥子嘛。"

小战士低着头："这里，一棵树都没有，一点绿都见不到。"

将军的面色凝重起来："是啊，这里没有树没有草，还缺水。我们来了就要改变这一切。"

部队的备战任务很重，营区的建设计划一再提前。闲暇下来，将军就带着大家在基地的四周植树。基地缺水，生活用水靠军车运送，每人每天的用水都有严格定量，连刷牙也只有两口水，植树就成了一件很奢侈的事情。战士洗脸擦澡洗衣都不用肥皂，积攒下的水用来浇树。树，植了，枯了；再植，还是枯了。

小战士成为老兵，退伍时，将军来了。将军手里托着一个瓷盘，盘里生长着郁郁葱葱的蒜苗。

将军说："很对不起啊，小鬼。只能送你一盘绿蒜苗喽。但是，你要相信，我们的营区将来一定会比你手中的这片绿还要美哟。"

距营区二十里外有条季节河，每年雨季都会给干旱的戈壁滩留下一段时间的滋润。将军带着战士开出一道引槽，把河水引入营区的水塘。营区建起拦风沙的围墙，挖沙填土栽下耐风沙的胡杨树。营区的入口处竟然有五棵胡杨树泛出了嫩嫩的绿芽，战士搬出锣鼓家什，敲敲打打过年一般热闹。几乎所有的人都给家里写了信，报告的第一件事就是他们植的树发芽长叶了。

之后，所有退伍的老兵，离开部队时都要到胡杨树前照相，留作纪念；所有的新兵寄回家的照片，背景都有那五棵逐渐茁壮起来的胡杨树。

将军每天都要到胡杨树前来看看转转，他熟悉每一棵树的每一枝树杈。落下的树叶，他也会小心地捡起，托在掌心凝视许久。

又是一个炎热的夏季，五棵胡杨树已经能够遮出一片阴凉，将军又来到胡杨树前。忽然，将军惊愕地瞪圆了眼睛，一棵树上攀着一个穿着开裆裤的娃娃，手里攥着几根折断的枝条。将军几乎是飞上前去，一手把娃娃从树上抱了下来。

将军拿过娃娃手中的枝条，眼中盈着泪："你是谁家的娃娃？你干啥子要折树枝噢！"

娃娃被吓怔了："我要编草帽。"

营区营长喘着气跑过来："报告首长，是我的孩子，家属刚随军。"

营长对娃娃扬起手，将军严厉地制止了："娃娃没有错，有错的是你。从今天起罚你三天禁闭。你以后的任务就是好好植树。"

将军走了几步又停下，把手中的枝条塞到营长的手里："编个草帽，给娃娃。"

后来，营区里经常可以看到扛着锨、提着水桶植树的营长，他的身后跟着一个穿开裆裤拿着玩具水桶的娃娃。

营区一茬一茬的树绿了，远远望去，黄澄澄的戈壁滩冒出一片绿洲。

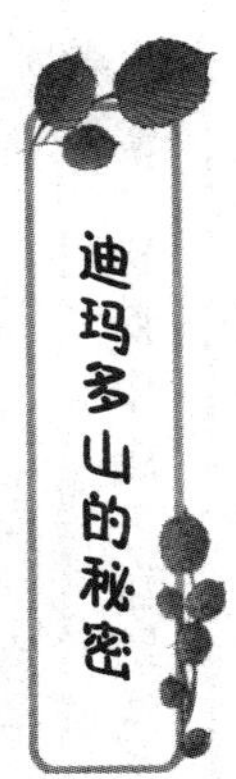

营长给树浇完水,双手垫在脑后打盹儿。忽然一股清香飘来,沁入肺腑。他睁开眼睛,娃娃坐在身边,手里捧着两个青黄色的梨。他一跃而起,抓过梨问娃娃:"哪来的?"

娃娃小手指向远处。只有一个影影绰绰的背影,但是那只空空的袖管被风吹起,像一面猎猎招展的旗帜。

将军后来告诉营长,那几个梨是他到兄弟单位开会带回来的。

"这种梨树耐旱抗风沙,很适合我们营区栽种。"将军让他带人去学习取经,"有一天我们的营区也要变成花果山。"

营区的梨树采摘下的第一筐果子,基地委托营长和娃娃把果子带到北京医院,送给将军尝尝。

弥留之际的将军望着黄黄的果子,苍白的脸颊泛起红晕,两眼放出欣喜的光芒。他颤抖着手捧着一个梨,慢慢地放到鼻下,深情地闻着,闻着。

护士把将军枕边厚厚的笔记本交给营长,本子每一页里都夹着一片树叶。

根据将军的遗愿,将军的骨灰埋在了营区的五棵胡杨树下。

战士把那五棵胡杨树亲切地称为"将军树"。

我就在"将军树"下站岗。

我就是当年折断树枝编草帽的那个娃娃。

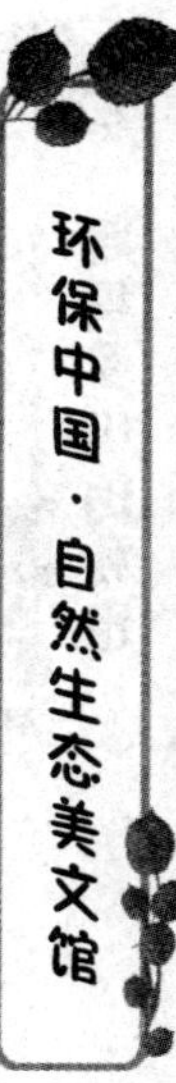

班公湖边的鹰

王 族

几只鹰在山坡上慢慢爬动着。

第一次见到爬行的鹰，我有些好奇，于是便尾随其后，想探寻个仔细。它们爬过的地方，沙土被沾湿。回头一看，湿湿的痕迹一直从班公湖边延伸过来，在晨光里像一条明净的布条。我想，鹰可能在湖中游水或者洗澡了。高原七月飞雪，湖水一夜间便可结冰，这时若是有胆下湖，顷刻间肯定叫你爬不上岸。

班公湖是个奇迹。在海拔四五千米的高原上，粗糙的山峰环绕起伏，幽蓝的湖泊在中间安然偃卧。与干燥苍凉的高原相对比，这个不大的湖显得很美。太阳已经升起来了，湖面便扩散和聚拢着片片刺目的光亮。远远的，人便被这片光亮裹住，有眩晕之感。

而这几只鹰已经离开了班公湖，正在往一座山的顶部爬着。平时所见的鹰都是高高在上，在蓝天中飞翔。它们的翅膀凝住不动，像尖利的刀剑，狠狠地刺入远天。人是不可能接近它们的，鹰对于人来说，更是一种精神的象征。据说，西藏的鹰来自雅鲁藏布江大峡谷，它们在江水激荡的涛声里长大，听惯了大峡谷的音乐，形成了一种要永远飞翔的习性。它们长大以后，从故乡的音乐之中翩翩而起，向远处飞翔。大峡谷在它们身后渐渐远去，随之出现的就是无比高阔遥远的高原。它们苦苦地飞翔，在狂风大雪和如血

的夕阳中，它们获取了飞翔的自由和欢乐。它们在寻找中变得更加消瘦，思念与日俱增，变成了没有尽头的苦旅。

而现在，几只爬行的鹰散落在地上，臃肿的躯体在缓慢地往前挪动，翅膀散开着，拖在身后，像一件多余的东西。细看，它们翅膀上的羽毛稀疏而又粗糙，上面淤积着厚厚的污垢。羽毛的根部，半褐半赤的粗皮在堆积。没有羽毛的地方，裸露着红红的皮肤，像是刚刚被刀刮过一样。已经很长时间了，晨光也变得越来越明亮，但它们的眼睛全都闭着，头颅缩了回去，显得麻木而沉重。

几只鹰就这样缓缓地向上爬着。这应该是几只浑身落满了岁月尘灰的鹰，只有在低处，我们才能看见它们苦难与艰辛的一面。人不能上升到天空，只能在大地上安居，而以天空为家园的鹰一旦从天空降落，就必然要变得艰难困苦吗？

我跟在它们后面，一伸手就可以将它们捉住，但我没有那样做。几只陷入苦难中的鹰，与不幸的人是一样的。

一只鹰在努力往上爬的时候，显得吃力，以致爬了好几次，仍不能攀上那块不大的石头。我真想伸出手推它一把，而就在这一刻，我看到了它眼中的泪水。鹰的泪水是多么屈辱而又坚忍啊，那分明是陷入千万次苦难也不会止息的坚强。

几十分钟后，几只鹰终于爬上了山顶。

它们慢慢靠拢，一起爬上一块平坦的石头，然后，它们停住了。过了一会儿，它们慢慢开始动了——敛翅、挺颈、抬头、站立起来。片刻之后，忽然一跃而起，直直地飞了出去。

它们飞走了。不，是射出去了。几只鹰在一瞬间，仿佛身体内部的力量迸发了一般，把自己射出去了。

太伟大了，完全出乎我的意料。

几只鹰转瞬间已飞出很远。在天空中，仍旧是我们所见的那种样子，翅膀凝住不动，刺入云层，如若锋利的刀剑。远处是更宽阔的天空，它们直直

地飞掠而上，班公湖和众山峰皆在它们的翼下。

这就是神遇啊！

我脚边的几根它们掉落的羽毛，我捡起，紧紧抓在手中。

下山时，我泪流满面。

鹰是从高处起飞的。

奔跑的狼

见到它的时候，我在西藏阿里当兵。那天，我们乘坐一辆越野车从狮泉河出发去冈仁波齐（神山）。半路上，我们看见一只狼孤独地蹲在那里。我们对它产生了兴趣，便将车子向它行驶了过去。它慢慢抬起脑袋，将尾巴软软地甩了几下，然后支撑起干瘦的身躯向远处走去。它起身的动作很慢，但走动却很快。几乎一闪而过，变成了旷野中的一个黑点，随后融入苍茫之中。

那天晚上，当我以为那只狼已经消失在旷野中，在我们的车子加速往前奔驰时，它的身影又突然在车前出现了。它没有走远，并且一直与我们在一起。车中的四个人都很高兴。好像一只狼在高原上一直伴随着我们，从车窗望出去，它奔跑的身影犹如在飞翔。我们渴望能和狼友好相处，一起走向高原神秘不可知的深处。

我本来以为它会一直跟着我们的车，加之一夜困顿，便打了个盹儿，待睁开眼一看，车窗外早已没有了它的影子。我们停车朝四下里张望，大家都很奇怪，它为何会突然离开，而且离开时居然让我们丝毫没有察觉。大家议论纷纷，还猜测说它只喜欢在黑夜奔跑，白天不愿意让人看见它的行踪，所以在天亮后便躲起来了。不论怎样议论，大家对它都由衷地表示赞赏——它奔跑了一晚上，对于我们而言，它变成了一种启示。

因为这只狼,在接下来的几天里,我们听到了很多关于狼的故事。有一群从那曲出发到冈仁波齐朝拜的藏族人,走到半路时发现一只狼在后面尾随他们。如果换了别人,也许会恐惧,会想办法打狼或者把狼吓走,但他们一心向佛,在内心将狼视为神圣的生灵,所以他们没有害怕,仍五体投地向前叩首朝拜。狼离他们越来越近,一直看着他们的举止。时间长了,他们熟悉了那只狼,那只狼也似乎熟悉了他们。下大雪的时候,人的行进会慢下来,但狼的速度却不会减缓,它很快便走到了人的前面。人们很惊讶:"它怎么会知道我们要去冈仁波齐,它像是在给我们带路嘛!"快到冈仁波齐时,狼却在一个地方停下不走了。它围着一个小土包转来转去,不停地发出嗥叫。一位当地的老人告诉了人们原因——去年,这只狼也跟随一群朝圣者走到了这里,朝圣者中的一位老人在这里死了,就埋在这个小土包里面。人们对这只狼肃然起敬,觉得它不是狼,而是一个人。要上路了,狼却没有要继续前行的意思。人们走了,它对着他们的背影嗥叫了几声,转身走进了山谷中。

我们希望那只狼再次出现,重复几天前的动作在车外奔跑。我们多么渴望它的身影重新填补空白了一天的车窗风景。

"其实,藏北最厉害的动物是狼。"一位僧侣后来这样告诉我,"狼老了,跑不动了,它绝对不会在没有遮掩的地方倒毙。它往往会在黑夜里消失,没几天,在它消失的地方又会出现一只狼,分不清它是原来的那只,还是新的一只。好像冥冥之中藏北是狼的永生地,其中有怎样的生死更迭,它们依据的是什么法则,谁也不知道。"

听完故事,我们向讲故事的人询问狼跟着我们的车子奔跑的原因。他很吃惊,不相信我们居然会有这样好的运气,以前他曾听说过狼和骑马的人赛跑的事情,一直想看一看,但都未能如愿,没想到我们却遇上了,真是有福气。说到狼跟着车子奔跑的原因,他劝我们不要去打听,这样的事情是没有原因的,因为狼的心里是怎样想的,人又怎能知道呢?他劝我们把这样的遭遇当成一次赐福,这样的话,就会成为一个美好的记忆。

第二天，我们顺原路返回，在半路听到了追逐过我们车子的那只狼的消息——它死了。仔细打听之下，才知道了大概：我们的车子开过去后不久，人们便发现了它的尸体，它大概是在奔跑中撞石而死的，脑汁四溢，身骨四散。但它最后的姿势仍是努力向前的样子，似乎还要向前奔跑。

发现它死亡的是几位到阿里拍照的摄影家，他们把它的尸体收拢在一起，装入纸箱中准备埋入土中。但当地的人劝他们说，不要用箱子装它，直接把它放进土里就可以了。于是，一只狼的埋葬便依照一道古老悲怆的程序：裸葬。人们将它散乱的尸骨和布满血渍的皮肉直接埋入土中，让大地宽广的胸怀收纳了它灼烫的灵魂。

我们赶到时，那个简单的埋葬仪式已经完毕，高原上多出了一个毫不起眼的小土包，它在里面长眠。我们很想看一眼它，但觉得一只死了的狼和人一样，也应该入土为安，便打消了念头。

几天后，我们回到狮泉河，这时候又传来了一个和那只狼有关的消息。埋下它的当天晚上，有一群狼从山谷中拥出，它们在埋它的地方围成一团，然后呜呜嗥叫。很多人都被它们的嗥叫惊醒，出门一看，山坡上聚集着一大团黑影，有四五十只狼。它们嗥叫了一夜，在天快亮时才安静下来。早上，人们到山坡上去察看，发现埋那只狼的土堆已被刨开，里面空空如也。

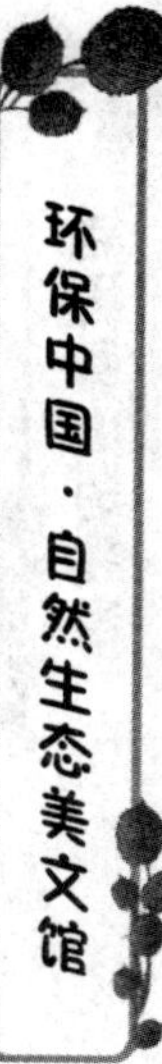

大雪飘飘

王 族

他没有想到,在这个大雪天会与那只熊相遇。入冬以来,阿尔泰的天像疯了似的一场又一场地下着大雪,没有要停住的意思。他记得现在的这场雪是十天前开始下的,在这十天里,满天飘飞的雪像刀子似的刺向牧场,已经有几十头牛和三百多只羊被冻死了。牧民们不吃死了的牲口,把它们堆在牧场的后山里,没想到一夜大雪就把它们淹没了。牧民们望着与房齐高的雪堆欲哭无泪、欲喊无声。而雪地仍然泛着白色的光芒,看上去干干净净,像是什么都没有发生过一样。

今天早晨,他从梦中疼醒了。睁开眼睛的一瞬,他发现窗户的缝隙里透进来一丝光,照在自己的眼睛上。他爬起来,那束光便落在了羊毛毡上。他感到左眼眶很疼,用手揉揉,感到像刚才在梦中被那把剑刺了一样疼。

他的左眼是空的,只有一只右眼。

穿好衣服,他慢腾腾地走出屋子。雪已经停了,阴了一两个月的天终于晴了。在雪中走走吧。他这么想着,就返回屋,背上猎枪,向牧场后面的山坡走去。然而,当他跑进树林时却被惊呆了。一头身躯庞大的熊居高临下地站在一块石头上,正怒睁双目盯着自己。由于先前他没有发现它,所以,在他停住的时候几乎已经撞到它的两只前爪上。熊的两只掌很肥厚,很黑,但尖尖的指甲却很白,瞄一眼就让人心寒。他退后几步,见熊仍无动静,便

又后退几步，依着一棵大树站住。他知道自己不能再退了，再退的话可能就会激怒熊，它要是一跃而起追过来，自己又怎能跑过它呢？

平静了一会儿，他开始与熊对视。忽然，他的呼吸变得粗重起来，右眼像是要喷出火似的，愤怒地睁圆了。他认出挖了自己左眼的熊就是眼前的这个家伙。他对它的模样早已烂熟于心，这是他今生痛恨至极的仇敌，多少个日日夜夜他发誓要把它打死。而为了实现这一目的，他苦练枪法，现在已达到弹无虚发的地步。他紧盯着熊，握枪的手指头已经在"叭叭"作响。"今天冤家相遇，不是我打死它，就是它咬死我。"他已经看见熊前胸的那个小白圈，那是它的心脏部位，他只需一抬手就可以一枪击中。

这时，熊忽然叫了一声。它的叫声很奇怪，一改往日嘶哑的声音，而且声音里已完全没有了因饥饿而引起的烦躁，也没有愤怒和进攻前的兴奋。它此时的声音显得很温柔，像是在对他传递着某种友善，又像是对他手中的枪表示不屑。

他犹豫了一下，没有把枪举起。

熊已经很专注地在看着他。树枝上的一团雪落下，刚好落在它的头上，因而它黑糊糊的脑袋变得像一个圣诞老人，显得有些可爱。

熊又温柔地叫了一声。

他犹豫着，但食指却悄悄地钩住了枪的扳机。他想，如果熊忽然袭击，自己在举起枪的一瞬就可以开枪。这时，林子里传来一声马的嘶鸣。熊像是听到召唤似的从石头上慢慢走下，向马发出声音的地方走去。

他转过身，看见一匹小马正在用嘴啃树皮。大雪已淹没了所有的野草，这匹小马饿得实在不行了，只好啃树皮。但它显然还没有把树皮啃下的能力，尽管使了很大的劲，但仍然无济于事。一急之下，它便像孩子似的又叫了起来。熊走到它跟前，仍用注视过他的复杂表情注视着小马。按说，熊和马在平时都是不能打照面的，但这会儿在相互注视下却都变得平和起来。熊走到树跟前，小马为它让开了位置。熊举起一只前掌一下一下地把树皮扒拉下来，小马把嘴凑上去开始咀嚼那些树皮。熊不时地看一眼小马，表情仍然很复杂。

他远远地看着这一幕，抓枪的手慢慢松开了。他这时才想起，这场雪灾几乎淹没了所有的草场，牧民们尽管为牲畜们准备了大量的冬草，但还是有那么多的牛和羊被饿死了。眼前的这匹小马肯定是忍受不了饥饿才跑出来找吃的，但这白茫茫的雪地里哪里还有野草啊，就连这些树也已经被埋到半腰。小马实在饿得不行了，才啃起了树皮，但要是没有这只熊帮忙，它又怎么能把树皮啃下来呢？

熊仍在用力为小马撕扯着树皮。不一会儿，它便喘起了粗气，每抓一下都显得很吃力。终于，熊不行了，像一座大山一样轰然倒塌在地。小马嘶鸣一声用嘴去碰熊的嘴，想让它爬起来。他惊叫一声扑过去，见熊口吐白沫，浑身发抖，眼睛慢慢地闭上了。熊在这场大雪中可能从没有吃上东西，刚才又为小马抓树皮耗尽了最后的力气。熊累死了。他和小马站在熊的尸体旁，久久不知所措。

下午，大雪又下了起来。林子里传出一声枪响，然后就听见枪支被抛入雪地的声音。过了一会儿，他牵着那匹小马从林子里出来，向牧场走去。

龟王

修祥明

川叔捕到一只龟。大海龟。

儿子称了称,说:“爹,这龟一百零八斤。”

川叔嘿嘿地笑着。

孙子拍着龟的脊背说:“爷爷,给它起个名儿吧。”

川叔想了想,说:“就叫它龟王吧。”

“龟王!龟王!”孙子开心地拍着巴掌。

一个鱼贩走来说:“这龟卖给我吧,我给你一千块钱。”

川叔摇摇头。

另一个鱼贩说:“我给你两千块钱,怎么样?”

川叔还是摇头。

孙子动心了:“爷爷,两千块钱,能买台电脑哩,为什么不卖?”

“卖给他们,他们就把它杀了。”

“捕到它,就是要杀了,鱼虾和蟹都是这样。”

“龟和鱼虾蟹不同,龟通人性。”

“爷爷,那你捕它干什么?”

“我没有捕它,是它来找我,来看我。龟是海神,杀不得。”

“那怎么办?”

“养着它。”

川叔和儿子、孙子一起把龟王放到门前的水池里。

早晨,川叔来看龟王。

半个天井大的水池里,有鱼也有虾。鱼四处游着,虾打着水漂跳来跳去。

龟王却在靠海的角落处,浮在水面,谛听大海里沙沙的水花声。川叔的心一酸,眼里泛起了泪花。

傍晚,川叔来看龟王。

鱼四处游着,虾打着水漂跳来跳去。

龟王还在靠海的角落处,谛听大海沙沙的水花声。

涨潮了。海水离水池越来越近。水花的声音也越来越大。

龟王浮出水面,用前爪刨着池壁,池壁上的青苔被刨得花花搭搭。川叔的心碎了,豆大的泪水落进了水池。

孙子问:“爷爷,你怎么哭了?”

川叔把目光转向孙子:“孩子,你找不到家的时候,会不会伤心?”

“会。”

“孩子,你看这龟王急的,它想家了!”

“龟王有家吗?”

“有。”

“它的家在哪里,离这里远吗?”

“孩子,大海就是龟王的家。让它回家吧,孩子,别让它难受了。”

“好,爷爷。”

爷孙俩把龟王抱出水池,抱到海边。

龟王急不可耐地奔向大海。

“龟王!”孙子的眼里流下难舍难离的泪水。

川叔揉着湿湿的眼窝,脸上却是一副轻松自在的神情,就像送一位深情厚谊的朋友踏上征程。

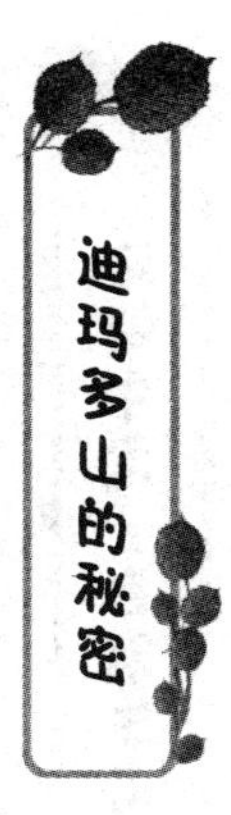

第二年春天，川叔不再出海了。

川叔七十岁了。他把船和渔网交给儿子，让他去捕捞海鲜过日子。

每天，每天，川叔都会在海边坐上一阵。望着远处的海面，闻着扑鼻而来的海腥气，他的心中涌着不尽的回想与祝福。

大海，是祖宗的历史，他的昨天，儿子的今日，孙子的未来。

大海是看不到尽头的，但是，大海就涌荡在他的心中。

孙子问："爷爷，大海有多大？"

川叔答："孩子，海再大，再长，也没有咱渔民的船长，长大了，你就知道了。"

"爷爷，你想那只龟王吗？"

"想，当然想。"

"可是，它现在在哪里，它想我们吗？"

"我没想那么多，孩子，到我死的时候，我扪心自问，这辈子没做亏心事就行了。当我闭上眼的那一刻，我记得那龟王没有因为我而被杀掉，我就知足了。人，一辈子活的就是个良心。"

川叔这样说着，竟真的死去了。

川叔死得极为平静、安详，就像香甜地、沉沉地睡着了似的。

七日祭拜这一天，儿子和孙子拿着铁锨要去给川叔的坟头多盖一些土。他们要把川叔的坟头堆得好大好大，让川叔就像睡在一栋屋子里一样温暖。

大海里的浪花沙沙地响着，就像凄婉的哀乐在悼念川叔。

儿子和孙子来到川叔的坟前时，惊呆了——

龟王趴在川叔的坟前。

龟王长大了些。

龟王因长途跋涉身上沾满了泥沙和黄土，就像披麻戴孝给川叔来祭拜。

龟王的眼里闪着亮亮的泪光。

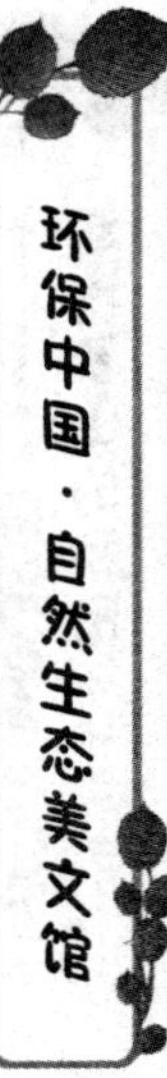

猪的追悼会

2009年12月31日,一群猪在墨西哥召开猪的追悼会。

来自世界各地的猪有白猪、黑猪、花猪,有公猪、母猪,有大猪、小猪,他们都带来各自国家无辜被杀害的猪的照片以及被杀的猪的数目。

大会还邀请全球各地的部分鸡、牛、果子狸以及大猩猩,以示动物界的团结与和睦。

大会主席是A国唯一未被杀害的老母猪,当时她因为怀有一窝小猪就要临产,而未被杀害。

宣读悼词的是一只墨西哥的强壮公猪,主人要宰杀他时,因为他能跑能跳,而且勇猛地去咬宰杀他的人,才侥幸捡了一条命。

现在,大会主席首先致词:"亲爱的猪们,亲爱的鸡、牛、果子狸、大猩猩等各位朋友们,2009年是我们猪最为不幸的一年,人类因为患上甲型H1N1流感,而把矛头指向我们猪,对我们大开杀戒。为了表达对无辜死去的猪们的深切哀悼,我们今天聚集在这里召开追悼大会。首先让我们为在阴间死不瞑目的猪同胞默哀三分钟。默哀开始……默哀毕。请来自墨西哥的猪先生致悼词。"

猪先生走上主席台,抹去眼中悲痛的泪水,先哽咽了一下,然后念道:

"亲爱的猪们,亲爱的各位来宾,今天我们从世界各地聚集到这里,都是

为了一个心愿：悼念无以数计的被杀害的、冤枉的猪们，并表达我们对人类的抗议。

“当甲型 H1N1 流感病毒在人群中开始传播时，他们首先把责任推给墨西哥的猪，后来又说是美国的猪。人类就是这样，当他们染上一种病时，不是从自身找原因，而是把矛头指向我们动物：他们把禽流感怪罪于鸡，把疯牛病怪罪于牛，把 SARS——在一些国家叫非典型性肺炎——怪罪于果子狸，甚至，他们把艾滋病这种绝症，怪罪于和他们有点血缘关系的大猩猩。

“亲爱的猪、鸡、牛、果子狸，还有大猩猩等诸位来宾，现在的人类科学越来越发达，但是人类的良知和道德却在渐渐丧失，无度的欲望已经让他们失去了保护地球和环境的理智。海洋污染逐日增加，地下的石油、煤炭和天然气一年年在减少，地面上的树木被砍伐，空气中的二氧化碳和有毒气体到了令我们及他们人类窒息的地步。这样的环境，才是人类感染各种疾病的原因。也就是说，人类的各种疾病应该从他们自身找原因，可恶的人类却总是让我们成为代罪羔羊。我们祖祖辈辈的血肉之躯养育了他们，当病灾来临时，他们却对我们格杀勿论。最可悲的是，A 国的猪一时间几乎被杀绝。

“各位猪朋友，各位嘉宾，从进化论的角度讲，人类已开始步入‘后人类时代’，而他们对环境的破坏，战争及瘟疫的蔓延，加快了人类走向灭亡的步伐。因此我提议，假若有一天人类灭亡了，我们动物界一定要给人类开一次追悼会。现在，我提议，我们为人类的良知和道德的沦丧默哀三分钟。默哀开始……”

白鸽子

老王膝盖疼,疼了十年,一直忍着。

今年还是疼,疼得厉害,就忍不住了。

就做了手术。

伤筋动骨一百天。老王出院回到家,天天吃药,吃补品,闭门静养着。

这天,侄儿送来一只鸽子,白鸽子。

鸽子是养骨的佳品,白鸽子更是稀缺,老王和妻子被侄儿的孝心所感动。

妻子说:“来,老王,你把这鸽子杀了,我炖汤给你喝。”

老王摇头说:“我不杀。我一辈子没杀过生。”

妻子说:“我也没杀过生。这咋办?”

老王说:“放了吧。”

妻子说:“放了?现在一只土鸡都卖几十块钱,这白鸽子少说值一百块钱。”

老王说:“值一千块钱我也不杀。”

看着鸽子,再看看老王的膝盖,妻子叹了口气说:“要不,我硬着头皮杀了它。”

老王发出一声哀叹,走进卧室躲起来。

老王的妻子右手拿起刀，左手捉住鸽子，要开杀戒。

鸽子惊恐不安，又是扇翅膀，又是蹬腿儿。

老王的妻子手一抖，手中的刀差点滑落，那魂儿也要飞出脑壳似的。

恰巧老王拉开门朝这里看。

妻子说："老王，这鸽子我杀不了，咋办呢？"

老王说："放了吧，别让它遭罪了。"

妻子摇摇头，把鸽子放回箱子里盖住，说："这样吧，老王，明天我把它拿到早市上，给杀鸡师傅几块钱，让他帮我们杀。"

老王瞪了妻子一眼，无奈地坐到沙发上。

第二天早晨，妻子把老王推醒说："老王起来，咱们一起做件事儿。"

老王躺在床上不悦地说："去杀鸽子，你自己去好了。"

妻子说："老王，我改变主意了。"

老王弹起身子说："你不杀鸽子了？"

妻子说："是。"

老王说："你要放了它？"

妻子说："是。"

老王把妻子紧紧地抱进怀里。

老王的眼皮红肿，看样子一夜没有睡好。

看着装着鸽子的纸箱，妻子的眼里流下温暖的泪水。

老王说："这鸽子如果死在我们手里，至死我的心都不会安宁。"

妻子点头说："是，不能为喝几碗鸽子汤，让我们心里永远堵着一只鸽子。"

窗户打开了。

天空碧蓝辽阔。

这天空是鸽子飞翔和歌唱的舞台，是鸽子生命的家园。

老王和妻子脸上的神色，阳光般明媚灿烂。

箱子打开了。

即将获得自由的鸽子，白色的鸽子，蜷缩在箱子一角，死了。

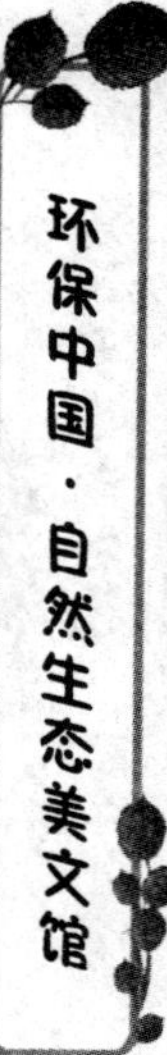

好大一棵树

夏　阳

母亲去世十年后的那个清明节，我和父亲还有弟弟回到了久别的故乡，也就是那座小县城，去寻她的坟。

母亲去得突然，四十出头，便倒在她和父亲所在的造纸厂的车间里。那天是4月15日，还有两个多月，我就要参加高考。父亲犹豫再三，还是告诉了我。父亲指着饭桌上一个黑漆漆的骨灰盒，对我和弟弟说："你妈在里头。"说完，看也不看我们，扭头出去，一屁股坐在家的门槛上，默默地抽烟，任凭我和弟弟在他身后哭得死来活去。

母亲的坟，说坟又不是坟。我们全家，除了造纸厂分发的两间低矮潮湿的平房，便上无片瓦，下无寸地。母亲葬在哪里，还真是个问题。父亲袖着手在外面寻摸了一天，回来等天黑严实了，领着我和弟弟出了门。黑乎乎的山道上，没有月亮，也没有星星，父亲扛着铁锹，打着手电筒萤火虫般在前面引路，我怀里捧着母亲的骨灰盒跟在他身后，再后面是紧紧拽着我衣角的弟弟。我们三人做贼一样，蹑手蹑脚，悄然上了县城西郊的观音山。观音山是一座孤山，树木葳蕤，山虽不高，却能俯视整个县城。从观音山的北面上山，是一条人迹罕至的山路，翻过山顶，到了南面的半山腰，衍生出一个岔路口，往左是回县城，往右是去造纸厂的一条小路。父亲在岔路口站立了一会儿，带领我们往左走了下去。走了两百步，父亲指了指路边，叹了口气，说："就这里吧。”

一个小时后，母亲的骨灰盒，被我们安葬在一个小土包下面。父亲生怕别人发现，特意弄了一些草皮盖在新土上，还移栽了两棵小树侍立两旁作为记号。临下山时，我们三人站在母亲的坟前，望着山脚下的一城灯火，神情漠然，彼此不知道该说些什么。最后，父亲指着遥远的南方，说：“这样也好，以后你妈每天都可以看见我们了。”

如父亲所愿，我总算为他争了口气，被南方一所大学录取了。父亲也因为母亲的早逝而惊恐万分，执意要离开造纸厂这个污染严重的伤心之地，带着弟弟南下去打工。也就是说，我们全家搬离了这座县城，从此故乡变异乡。走的那天，父亲独自去母亲的坟前坐了半晌，回来时，我感觉他一下子苍老了许多。望着魂不守舍的父亲，我装作没心没肺的样子，把锁匙交还给单位上来接管的人，对父亲说：“走吧，此地不留爷，自有留爷处。天下之大，何愁没有家！”

母亲的离去，对于我们这样一个家庭来说，是巨大的灾难和难以言说的悲恸。十年间，我们三人聚在一起，从不敢谈起母亲，甚至连她的照片也刻意地藏了起来。就像一个难以愈合的伤疤，夜夜隐隐作痛，却被我们不约而同地捂了个严严实实，谁也不愿意去揭开它。是的，如果不是因为父亲刚刚被医院查出肝癌晚期，没人会主动提出去寻她的坟。

可是，坟没有了。我们回到县城是日暮时分，和上次一样，沿着观音山北面的那条山路上了山，翻过山顶，等来到山南面的那个岔路口时，不由惊呆了。岔路口的右边，依旧是树木葱茏，依旧是那条羊肠小道蜿蜒而下，依旧是造纸厂五颜六色的污水在山脚下的小河里肆意流淌。岔路口的左边，别说两百步，就在不到一百步的地方，那条拐下去的小山路硬生生地被一圈围墙砍成了断头路。围墙里面，搅拌机轰鸣，工人们紧张忙碌，一栋栋别墅在一堆堆凌乱的钢筋水泥中张牙舞爪。父亲惊得张了张口，想说什么却说不出来，最后一只手捂住心口，浑身抽搐，痛苦地蹲了下去。我和弟弟顿时醒悟过来，忙跑过去一把搀住他喊：“爸，爸，您怎么啦？”

好一会儿,父亲才缓过一口气来,手指着围墙里面,抽泣着说:“你妈的坟……”

“我妈的坟……”我脑海里高速运转着,惶然四处张望。

突然,我指着岔路口的右边,急中生智地说:“我妈的坟不是在那里吗?您,您记错了呢。”

“我怎么可能记错?”父亲抹了抹眼泪,惊讶地问。

我朝弟弟使了个眼色,弟弟立马反应过来,忙在一边附和道:“您肯定是记糊涂了,我和哥哥明明都记得是在右边。你那晚不是还说,右边好,男左女右,葬在右边,我妈就可以守住我们在造纸厂的那个家了。”

“是吗,我这样说过?”父亲将信将疑地问。

我和弟弟猛点头。

父亲犹豫了一下,便朝岔路口的右边望了望。

岔路口的右边,大概是两百步的地方,有一棵大树矗立在路边。大树枝繁叶茂,树干笔直粗壮,高耸入云。父亲疾步走了过去,踮起脚尖,一把抱住大树,将脸亲昵地贴在树干上,嘴里喃喃自语,仿佛在倾诉什么。

夕阳西沉,长夜将临,苍茫的暮色在故乡的上空,一寸一寸跌落下来。

我和弟弟不敢贸然上前去打扰父亲,只好呆立在岔路口,内心凄惶不安。附近的树林,山脚下的县城,还有更远处的乡村田野,笼在水烟四起的暮色里,影影绰绰,轮廓模糊,直至漫漶不清。而身边一墙之隔的围墙里面,却清晰可见,亮晃晃的夜灯下,人影憧憧,搅拌机像一头巨大的鳄鱼,吞进吐出,在永不知疲倦地嘶吼着。我和弟弟不禁对望了一眼,彼此神情忧郁。那一刻,我知道,他和我一样在忧虑:父亲没几天活头了,他老人家走后,该何处安息?

白云人家

夏 阳

老刀和老马,我挺好的一对朋友,合伙开了家公司,不到一年,就散伙了。

“朋友做成这样,真没劲,老马太操蛋了。”老刀丢下这句话,怒气冲冲地走了。

去哪儿?上白云山种植药材。白云山,云海苍茫,是方圆数百里海拔最高的一座山。

老刀刚去的那阵子,一天好几个电话打下来:“山上太无聊了,要不是看在几个钱的分上,老子早下山了。兄弟,我现在饿得奄奄一息,麻烦你送几个妹子来救救我。”

即便如此,这家伙还是隔三岔五地躺在我家里,吃饱喝足后,霸在电脑前,俩眼直冒绿光,对 MM 狂发亲吻的表情符号,在破旧的显示屏上撒下一片猩红的嘴唇。

后来,老刀就来得少了,偶尔下山进城,也是采购一些药材种子,来去匆忙。不仅人来得少,电话也少,十天半个月无音讯。

“你是在山上养了狐狸精,还是嫌兄弟我这儿招待不周?”我感到纳闷儿,忙给老刀打电话。

老刀在电话那头只是“嘎嘎”地笑,鸭子般开心。

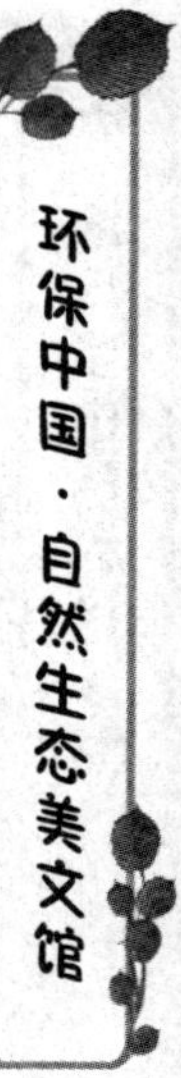

我最后一次接到老刀的电话，是两年后的事。

那天，老刀告诉我，不想种药材了："是挺来钱的，但开公司欠下的债还清了，不想种了。所以，手机也没有保留的必要了。"

他的意思是从此不再用手机了。

挂了电话后，我愣了好一会儿："这家伙怎么了？赚钱的买卖不做，手机也不用，在山上成仙了？"

又过了半年，待到满山泻翠时，我收到老刀的一封信。信在路上走了足足半个月。老刀在信里热情邀请我上山住几天，还画了一张草图，蛇一般乱窜的箭头旁，孩子气十足地写道："不识老刀真面目，只缘身在此山外。"

都什么年代了还写信？我哭笑不得，在一个阳光明媚的周末，带着满肚子的好奇进山了。

按照老刀草图的指引，我那辆心爱的路虎越野车，在一条坑坑洼洼的山路上吭哧了半天，终于走到了路的尽头——白云山脚下的一个林场场部。把车寄存后，林场的干部递给我一根木棍，指了指一条悬在头顶的羊肠小道，说："走到头，便是老刀的家。"

老刀的家——山的腰际，白云深处。

我拄着木棍，胆战心惊，在深山老林里蜗牛一样连滚带爬。四野万籁俱寂，一条小路，绳一般抛向浓荫蔽日的原始森林深处，弯弯绕绕，走了七八公里，一拐弯，眼前突然变得开阔：云朵在脚下快速地流动，云海雾浪下，群山峻岭、城镇村庄、阡陌田野、河流树林，像摆在一个棋盘上一样一览无余。浩阔的地貌让人平静，我的心陡然升起一片清凉。久居城市的我，面对这样一方突然冒出来的世外桃源，如痴如醉。

老刀站在几间瓦房前笑吟吟地看着我。

晚上，老刀隆重地烧了几道菜：小鸡炖蘑菇、山笋红焖兔子肉、清炒野菜、凉拌木耳，奇香无比。明亮的松油灯下，两个人的影子在墙上张牙舞爪，大碗大碗的地瓜酒，咣咣地碰，直到醉得不省人事。

第二天清晨，我被一群鸟吵醒。一群鸟的嫩嗓子，唤醒了整座白云山。

四周影影绰绰,牛奶一样的雾霭在指间流动。空气雨后般清新湿润,我伸了伸懒腰,贪婪地做着深呼吸。

一碗鲜甜的地瓜粥,一碟爽口的咸萝卜。早餐后,我们隔桌对坐,喝着绿茶聊天。一团雾停在桌上,停在我们中间。我问老刀:“干吗不种药材——不是挺来钱的吗?”

老刀说:“这里的气候和土壤特殊,种植的药材,几乎接近于野生的品种,来钱确实挺快的。但你看我现在还需要钱吗?喝的吃的用的,哪一样不是自产的?”

我心有不甘地说:“你这样远离尘世,会远离很多快乐,容易被时代抛弃的。”

老刀挥了挥手,使劲把桌上的那团雾扒拉开,说:“抛弃什么?无非是互联网上那些流水线作业的八卦新闻——谁和谁睡了,谁打记者了,谁当总统了,哪个球队输了或者赢了,股票涨了或者跌了。其实想想,那都是傻瓜式的快乐,挺没劲的。我这里完全不插电,没有任何电器设备。但你看看,满天星空比不过城市的霓虹灯?飞禽走兽的啼叫比不过歌星声嘶力竭的吼唱?书上的唐诗宋词比不过电视连续剧里幼稚的缠绵?每天午后一场雨,一年四季盖被子,比不过城市里密密麻麻的空调?枕着松涛伴着花香入眠,比不过夜总会的买醉?出门靠脚走路,双手勤耕细作,比不过打的去健身房跑步?”

我说:“哼哼,你这里没有冰箱。”

老刀笑了,拉着我转到屋后,从一口幽深的井里往上拽起一个竹篮。湿淋淋的竹篮里,两瓶红酒和一个西瓜,冒着凉气。

老刀说:“不好意思,这是我们中午享用的。”

我尴尬地挠了挠头。

几天的接触里,我发现老刀像换了一个人似的:不抽烟,偶尔喝点酒,养一条狗几只鸡,种半亩稻田半亩瓜菜。每天早睡早起,晨时,携清风白云荷锄而出,晚霞烧天时,坐在家门口喝茶读书看脚下的行云流水。

我承认自己是一个俗人,所以还得下山。老刀一直把我送到山脚的林场场部。临别,塞给我五万块钱,叮嘱道:“仔细想想,当年公司倒闭的事儿,主要是我的责任,不能怪人家老马。这点钱,算是我赔给他的。另外,我在这里种植药材赚钱的事儿,一定要替我保密,市侩之徒来多了,会污染这里的空气。”

说到这里,老刀有些忧心忡忡了。

“嗯。”我郑重地点了点头。

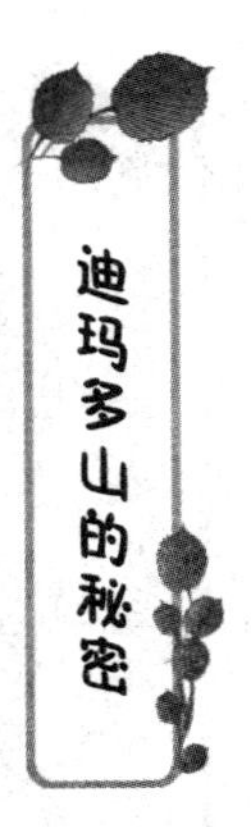

捕鱼者说

一

水上漂在四十八岁那年，带回来一个俊俏的外乡女子。这女子叫秀珍，二十八岁，水灵灵的，让人一看就舍不得把眼睛挪开。夏阳河上议论纷纷，说泉林好福气，他爹帮他寻了个叫人眼馋的媳妇儿。

泉林兴奋不已，撒腿跑到小卖部赊了一包好烟，脸上开着花，见人就递上一支。

月色刚刚笼上夏阳河，泉林就蔫了。

泉林质问父亲："你怎么睡我媳妇儿?"

水上漂一脸疑惑："诖说是你媳妇儿？这是你妈!"

"啊？原来你不是给我娶媳妇儿!"泉林蹦了起来。

水上漂苦笑："媳妇儿得自己娶！我把你养大不容易，你都二十六岁了，娶媳妇儿都不会?"

泉林扑通一声跪下，哀求父亲："你都老了，看在我死去的娘的分上，你就把她让给我吧。"

水上漂摇了摇头，一脚把儿子踹出房门。

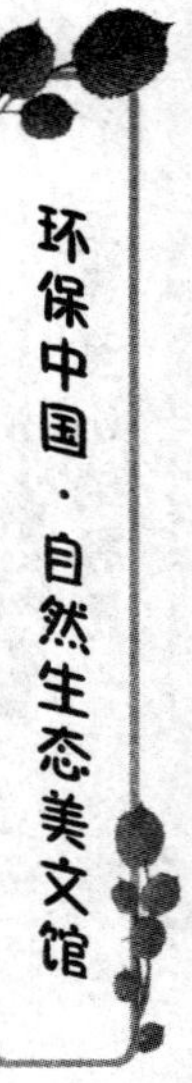

于是，只比泉林大两岁的秀珍成了泉林的后妈。

秀珍来后，水上漂依然和以前一样，重复着他每天的快活。上午睡觉，下午赌博，晚上喝酒，喝得脸色酡红，半醉半醒，便去夏阳河上捕鱼。

银色的月光下，河面上波光潋滟，水上漂亮出了他的绝活儿。水上漂两腿扎马步，脚踩一舟，无桨无篙，扭着腰身，一摇一晃，一晃一摇，如同月光下的一尾凤尾竹，在水面上，舞姿婀娜。他收网的手指，上下翻飞，像在钢琴上弹奏着一支醉人的月光曲。而捕捞上来的鱼，肥美无比。起网的那一瞬间，鱼身上的鱼鳞，在月光的照射下，寒光闪闪。

把小鱼放生，用大鱼换钱，换了钱上赌桌，输完后笑笑，再在秀珍身上撒撒野，这就是水上漂的快活。

有一回，一个赌徒讥笑他老牛吃嫩草，抢儿子的被窝。水上漂往手心里吐了口唾沫，双手使劲地搓了搓，一边摸着牌九，一边回敬对方："老子有老子的世界，儿子有儿子的天下。人活在世上，只求自己快活就可以了，管什么狗屁儿子。"

可惜，水上漂只快活了两年就死了。他不是被秀珍累死在床上的，而是葬身江底。原因很简单。夏阳河上游建了许多工厂，河水日渐乌黑，鱼也稀少，水上漂只好把他月光下"跳舞"的场地移到了赣江。可是，他忘了，赣江不是夏阳河。

一个深夜，月色妩媚，水上漂喝得半醉，在秀珍身上忙完后，开始在波光粼粼的赣江上踩着渔舟撒着欢，玩他的水上漂。

一个浪头掀来，渔舟剧烈摇晃。脚力发飘的水上漂，马步没有扎稳，一个趔趄栽进江里，从此再也没有回来。

二

月色妩媚，赣江朦胧。

江面上，一叶泊舟突然摇晃起来。摇晃了好一阵，才缓缓止住，传来一

个女人和一个男人的对话。

“泉林,你真棒,比你爹强多了!”

叫泉林的男人显然生气了,大着嗓门儿:“你以后不准提我爹,一提他,我就来火!”

“瞧,你又吃醋了。”

“不是吃醋。他连和自己儿子差不多大的女人都要争,太不要脸了!怪不得死那么早。还水上漂呢!”

女人剜了一眼男人。

“算了,秀珍,不说了,毕竟我爹就死在这条江里。”

沉默,长时间的沉默。

女人叹了口气,说:“夏阳河腻了,都可以点油灯了。没想到赣江也浅成沟沟了。唉!我们去哪儿找鱼?”

男人点燃一支烟,默默地吸着,望着乌篷外的江面发呆。江面,几处礁石伸胳膊露腿,在月光下对峙着。

这时,女人似乎有了主意,急切地问男人:“赣江下去是哪里?”

“鄱阳湖。”

“那去鄱阳湖吧。”

男人嗫嚅道:“电视里说鄱阳湖也快干了,只剩下五十平方公里,政府正在禁渔。”

女人问:“鄱阳湖下去呢?”

“长江。”

“那去长江吧。”

“不去,长江浪更大。赣江都把我爹淹死了,他还是水上漂呢。我们去长江,还不是送死?”

女人沉思了一会儿,小心地问:“长江下去呢?”

“大海。”

女人不说话了。

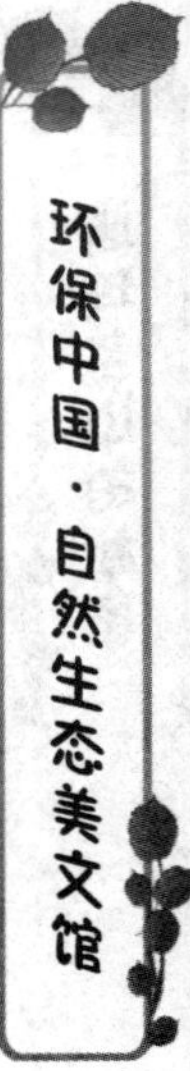

许久，女人带着哭腔问："难道就没出路了？"

男人幽幽地说："出路倒有一条，我有个同学在广东开电镀厂，可赚钱啦，我们可以去他那里打工。"

女人眼睛忽地一亮，说："好啊！树挪死，人挪活。明儿我们卖了舟，一起去广东打工。"

女人兴奋地钻出乌篷，站在舟头，对着南方的星空凝望起来。

男人又点燃了一支烟，狠狠地吸了一口，沉默无语。

苍茫的月色下，瘦骨嶙峋的江面上，横着一舟。舟头站着一个女人，憧憬地望着南方。舟尾垂首坐着一个男人，手里的烟头，明明灭灭。

"要出远门了。"男人小声嘀咕着，眼角处闪耀着一片泪光。

永远的鹤

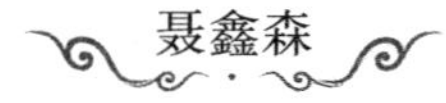

太阳渐渐地西斜了，红红的夕阳洒遍了偌大的一片湿地保护区。水如胭脂，而露在水面一小块一小块并不相连的沙洲上，萋萋芳草也变得绿里渗红。那些丹顶鹤，或在水边觅食，或在沙洲上尽兴地起舞，或振翅高飞，发出一串串清脆的长唳。

年轻的谭立，一个人在望竹楼上，整整守了一天。师傅杜三早饭后，驾着船领给养去了。他要把船划出湿地，三十里水路啊，再泊船上岸，用一担箩筐去镇里的林管所把肉食、蔬菜、烧柴连同一个星期的报纸挑回船上，然后再回到这里。回来的时候，天就落黑了。

临走的时候，杜三对谭立说：“你给我睁大眼睛，好好地看住这些鹤，它们正在发情，得防着那些盗鹤的贼人。”

谭立说：“师傅，我都做了三年护鹤工了，你放心吧，保管一根鹤毛也掉不了。”

谭立就这样守了一天，拿着望远镜看了一天，盗鹤贼连个影子也没有，却让他越看越感到寂寞。公鹤母鹤成双成对，互相嬉戏，互相唱和，情意绵绵。而他呢，至今还没有女朋友。整个湿地保护区，除了师傅杜三和他，连女鬼都没有一个，更别说女人了。师傅比他大五岁，也是个单身，在这里一干就是十年。他不想做中饭，就用开水泡了包方便面咽下去。现在肚子里

"咕咕咕"地响着,那是一种饥饿的声音。

忽然,谭立听见有凄厉的鹤唳声传来,拖得很长,带着颤音。谭立大吃一惊,收拢思路,拿起望远镜仔细地搜索起来。他看到在三百米开外的一片浅浅的水面上,一只母鹤的细腿似乎被什么咬住了,正在拼命地抖翅挣扎;旁边的一只公鹤,焦急地胡乱扑打翅膀。是什么咬住了母鹤的细腿呢?这地方当然没有鳄鱼,那是什么?

谭立操起一把木桨,顺着竹楼的梯子飞快地下到地面,再跑到水边,解开船缆,"咚"地跳上船,然后着力地划起桨来。小船绕过一块一块沙洲,迂回着朝母鹤那个地方划去。虽是暮春时分,风凉嗖嗖的,不一会儿,谭立的脊背后就渗出了一层热汗。

小船划到离那母鹤还有十米远的地方,水浅得载不动船了。水很清澄,看得见水底密密匝匝纠结在一起的水草,像柔软的绿绒毡毯,很小很小的鱼儿成群结队地游在上面。他突然明白了,肯定是水草缠住了母鹤的细腿,越挣扎缠得越紧。他突然骂了一声:"只晓得快活的东西,你往那水草里钻什么,活该!"

谭立停下船,把鞋、袜、长裤脱下来,下面只剩下一条很旧的短裤。他下意识地用手按住了短裤,仿佛怕被人看见,但马上又笑了:"谁看呢?想给人看都没人看呀!"

他跳到水里去,水不深,刚到小腿那地方。

他一步一步朝母鹤逼近。

公鹤见有人来,"呼"地飞了起来,母鹤吓得更加惊惶地鸣叫。

"你们怕什么,真不懂事,我是来救你们的!"

水渐渐深了,底下软软的。踩在厚厚的水草上,脚板心痒痒的,好像被柔软的手指搔着,搔得他浑身发软发酥。

终于走到母鹤的身边。就在这一刻,他感到身子猛地往下沉去。水先是到了膝关节,再往上漫,漫到了大腿根,再漫到了腰部。这一切来得太突然,让他猝不及防。他慌了——分明遇着沼泽地了!他想挣扎着把身子往

上抬，身子却沉重如铁，依旧往下沉去。他冷静下来，伸出手去抚着母鹤的细腿，从上向下摸向鹤的趾爪，果然是被水草缠了一道又一道。他用双手迅速扯断那些水草。母鹤也似乎明白了这个人是来解救它的，变得很温驯，眨巴着眼睛感激地望着他。水草都扯断了，谭立双手托起母鹤的身子，往上使劲一送，母鹤就着力张开翅膀腾空而起。

水已经淹到谭立的脖子了。

他仰起头，看见公鹤和母鹤联翩而飞，围绕着他飞了一圈又一圈。他心里突然有了某种冲动，想和鹤说点什么。说点什么呢？鹤又听不懂他的话！他想他可以做一个手势，让鹤知道是什么意思。于是，他高高地举起右手，把五个指头并拢，再把并拢的手指弯成一个直角，就像鹤的长喙。“你们懂了吧，我也是一只鹤！”

谭立的身子继续往下沉，水淹过了他的头顶，一直淹到他右手手腕，才似乎落到了实处。水面上留着一截“鹤”的脖子和“鹤”的喙，凝然不动，如一座雕塑。

杜三是天快黑的时候回来的，上到竹楼上，不见了徒弟谭立，慌忙拿起望远镜朝四面扫视。他发现了那只小船，发现了那只伸出水面的手臂，立刻明白了是怎么一回事。

杜三哭喊着：“谭立！谭立！”狂奔下楼，重新操桨划船，朝那地方飞驰而去……

不久，在湿地保护区的门口，出现了一座用不锈钢铸造的雕塑：一只向上高高举起的手臂，五指并拢并弯成鹤喙的形状……

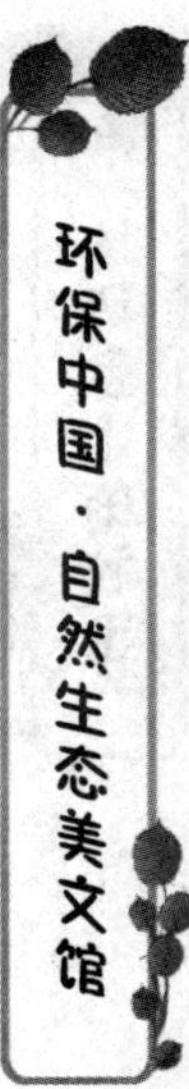

一棵树的非正常死亡

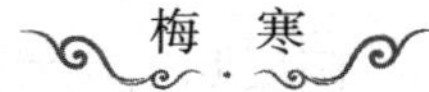
梅 寒

一个夏日黄昏，西天的云霞像着了火。画家走在村中央那条铺满木屑的水泥路上，被眼前的一切深深地震撼了。村子不大，只有一条街，街的两边，林林总总，是形态各异的树根，弯曲遒劲的，外秀中空的，与山石紧紧胶着在一起的……光滑的横断面，大多已变得模糊不清，看不出年轮了。但只看那比圆桌面还要大的断面，就能知道，那些根的上面，曾经支撑着多少棵参天巨木。

那些树根是从不远处的原始森林运到村里来的，经过那些能工巧匠的安排，一棵棵黑乎乎毫无美感的树根便有了艺术的灵魂，成了都市雅人喜欢的根雕。这些，是画家从路边一个正在加工根雕的少年嘴里打听来的。

少年黑瘦，十五六岁的样子，却能熟练地操作手中的电锯电钻，将面前树根上多余的部分切除掉。打磨，清洗，抛光，一只栩栩如生的雄鹰已渐露雏形。

“我们这一带现在都在做这个，没人出去打工。打工才能赚几个钱？我们一座根雕卖出去，就是十几万。”少年耳朵后面夹着一支香烟，眯起一只眼睛打量着他手上的作品。

“干这一行，眼睛要毒，给你一段树根，你要一眼看出它里面藏着的东西，是人是马，是虫是鱼，顺势给它们做出最好的造型，那样才会卖一个好价

钱,不然,就白瞎了好树根……”面对一脸惊奇的画家,少年侃侃而谈。

少年十岁就开始跟随父亲学习加工根雕了。

画家听得愣住了,想再问些什么,终究没再问。旁边少年的父亲,已经发出不太友好的暗示:“您看好什么没有?看好了就谈谈……”

画家仓皇而逃,逃离少年和他的父亲,也逃离噪音与木屑飞溅的村子。

那些已经成品的根雕,巨大的狮子,脑门油亮笑口常开的如来,在黄昏的余晖里闪烁着耀眼的光芒。它们运到都市人的豪宅庭院里,摇身一变,就成了象征财富与身份的艺术品。画家却无法看到那些,或者说,他无法忍受自己看到那些。刺耳的电锯声里,他听到一种越来越清晰的哭泣声。是树根的。是那些没有了根的树的。是没有树与根的大山的。

画家疯了。在亲人朋友的眼里,他的举动无疑是疯狂的。他背着画夹逃离加工根雕的村子,回到自己生活的都市。他把自己这些年所收藏的画——自己的,其他人的,一律低价出手。他把自己唯一一所栖身的房子也卖掉了。画家急需要钱,而那些钱,在外人的眼里,就是拿树叶往巨大的黑洞里填——画家要拯救森林,拯救那些非正常死亡的树。那些树,那些根,原本的命运是在深山里终老,自生自灭,而不是变成供人赏玩的根雕,置于有钱人家的屋宇庭院。

画家仍然画画,却不再画小桥流水枯藤昏鸦。他只画树桩。只画原始森林里那些参天的古木,被齐根锯倒,黑乎乎的树桩上,站着孤零零的鸟或者游走着几只孤单的蚂蚁……那些画,不是他凭空想象出来的,是他在层峦叠嶂的原始森林深处遇上的。

画家把那些画拿到都市里,不为换钱,只为唤起人们心底的一种意识。如果没有那么多的人玩赏根雕,世界上还会有那么多哭泣的树吗?

那片郁郁葱葱的原始森林,绵延生息了多少年了啊?画家进去时,忍不住抱着一棵巨大的香樟树哭了。他听说,有人已经打算承包下那片林。商人的眼里,那片林就是一只巨大的聚宝盆。成片合抱粗的古树下面,藏着价值上千万的根雕。

画家辗转反侧，最后拿出了自己所有的积蓄去见当事人——他要承包那片林。

画家最终以不菲的价格把那片林承包下来。他只要守护权，不要拥有权。傻瓜才肯的交易。

两间小木屋，一个篱笆小院，是画家自己一点一点搭建起来的，就在林的深处。画家的生活，从此以那两间小木屋为圆心，以他的那片森林为半径。他徜徉在那片鸟语花香的世界里，画画，与树对话，也充当树们的卫士。如果有哪个胆敢来冒犯他的树，他手中的长枪长叉绝不答应。

那样的生活，清苦，却不寂寞。

多少次旭日东升，灿烂的晨光里，画家在家门前的小坡上画画。画树，那些沐浴在时光里的树，欣欣向荣，枝繁叶茂。不再是树桩。他的那片森林里，自从他来，就没有出现过新的树桩了。

画家很天真也很乐观，他想，等那片林保住了，他再转向下一片林。

然而，画家终究没等转到下一片林。他死了。在某天清晨，在他画画的树下，他倚着树根，睡着了……

没人知道画家的死因，只有人们走过他生活过的那片森林时，偶尔会提起："听说这里曾经来过一位年轻的画家……"

风吹过，满林的树叶呜呜咽咽，如泣如诉，似问，似答……

较量

梅　寒

那是一条死亡之河。

在那里，死神时刻都在它们的头顶张着黑色的大网，时刻偷觑着它们。奔跑、断杀、反击，不同种族间的争斗永无止息，在那条河的两岸掀起一股又一股血雨腥风。

巴黑家族面对的是草原上最强劲凶猛的狮子家族。

巴黑的爷爷，巴黑的父亲，巴黑的哥哥，都是在这条被它们称为“死亡之河”的河边丧命的。每年一度的迁徙季节，是水牛家族最为危险的季节。在那个季节里，它们携老带幼，要涉过那条宽阔的大河，到河的对岸去安家。那条河，是季节的分水岭，河的此岸草凋叶枯，河的彼岸却水草丰美。

狮子家族算准了它们迁徙的时间，每年的那个季节，狮子首领都会集结它雄健的子民们，静静地守候在河边。每年的那个时候，尽管水牛家族齐心协力英勇还击，还是会有一些老弱病残的成员，成为狮子嘴里的美味。巴黑的亲人们就是在那样的格斗中丧命的。

巴黑曾经跟着父辈们不止一次地涉过这条死亡之河。刚刚过去的那个夜晚是巴黑生命中最为惊心动魄的一夜。它们遇到了最强劲的对手。那是一队几天都没能成功捕获到猎物的狮群，共有十几只之多。它们饥肠辘辘，对巴黑家族穷追不舍。面对凶狠强大的对手，巴黑家族成员最初的表现并不让巴黑满意，它们惊慌失措，只顾没命地向前逃跑奔走。可它们很快就意识到，那种方式无法挽救它们。有一只才出生不久的小牛在大家慌乱的奔逃中被绊倒了，它凄怆的叫声让几头年轻的公牛勇敢地停下来，将它团团围在中央。它们击退了狮子的第一次进攻。那时，它们才发现，长途的奔波追杀，已让它们的对手筋疲力尽，那些狮子并没有想象中的凶猛。

巴黑带领它的子民们开始了第一次反攻。它将年轻力壮的年轻公牛组成一支先锋队，它带领它们，舞动尖刀一样的犄角冲向身后的狮群。它们的第一次反击成功了。狮子们四散逃开，它们紧追不舍，直到将狮群赶到了近百米外的地方。双方暂时平静下来，又恢复了原来的对峙状态。狮群在静静地观望，巴黑却要趁着这短暂的时机，继续带领它的子民们前行……

巴黑的预计没错，没过多久，狮群的进攻卷土重来。那一次，它们的来势比前次还要凶猛，那只被狮群锁定的小牛，在接下来的一轮较量中，终被狮子锋利无比的尖牙切断了喉咙……

看到那小家伙无助地倒下去，绝望地挣扎在狮子们的血盆大口之下，巴黑发怒了，眼睛里仿佛要喷出火来。它疯了一样冲向那只猎杀小牛的狮子。一番激烈的格斗，它和对手双双受伤。对方将它脖子上的一块皮撕开，它用尖尖的犄角将对方的肚子划开了一条血口子。战斗没有分出胜负，它们各自向对方妥协，继续前行。

巴黑不知道那天的对手怎么了，一次又一次，向它们家族发出锲而不舍的进攻。

它们的第二只小成员也丧身狮口。

接下来是第三只……

在一次又一次的战斗中，巴黑始终保持它的王者风范，它始终冲在战争的最前线。巴黑身上的伤口越来越多，温热的血，正顺着它黑缎子一样的皮毛流下来。巴黑身上的力气也如那些汩汩流出的血液一样，一点一点流失了。它的腿开始打战，眼睛开始发花。有几次，它甚至很丢脸地被对方扑倒在地上。要不是那只年轻力壮的公牛上前击退了扑上来的狮子，也许，它就

再也没有机会站起来了。可让它欣慰的是，它还是将它的子民们带过了那条死亡之河。

长夜过去，一轮红日正从草原的边缘冉冉升起来。巴黑回首望着那条充满血腥之气的来时路，再看看已是筋疲力尽的子民们，它的眼睛里流露出一股欣慰之色。可那种欣慰之色，只在巴黑的眼眸里停留了不过一瞬间，很快，它就被另一种复杂的情绪代替，惊恐、愤怒、忧虑……巴黑的目光被那群涉河而来的狮群震慑住了。

那几只小牛远远不能满足狮群的食欲，却给它们的体内注入了新鲜的活力。经过一天一夜的追杀，它们仍不放弃，竟然涉河而来，这在巴黑的生命历程中还是第一次遇到。

喘息未定的水牛家族，再次骚动起来。

狮群越逼越近，牛群越聚越紧……

巴黑开始后退，再后退。它的腿抖得厉害，它再也没有力气迎接新的挑战了，可它仍然保持它的镇定。它镇定地回头，望向它身后的子民们。那只最年轻强壮的公牛，就是那时猛然低头俯冲过来的，它那两只又弯又粗尖尖的犄角，一下子就把巴黑高高地挑起，摔到几米外。狮群扑上来……

巴黑最后一次望了一眼它的家族，望了一眼那个同昔日的它一样高贵的王者，它正带领着它的家族向草原深处而去……

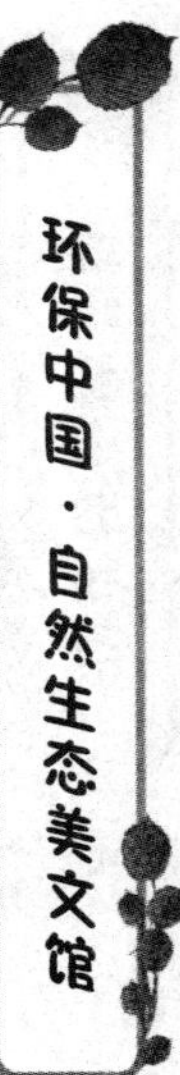

壮壮

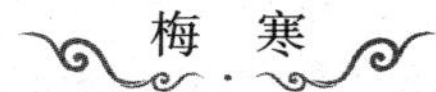
梅　寒

“球球，你是姐姐，以后要好好照顾壮壮。”我望望怀里闭着眼睛猛力吮吸的壮壮，再扭头看看脚边仰着小脑袋满眼委屈与不满的小巴狗儿球球，轻声叮嘱，“最要紧的，千万不能让家里其他人发现了壮壮哦。”怀里的壮壮闭着眼睛哼哼了两声，算是答应了我。球球却摇着雪白的小尾巴掉头跑开了。它坚决不能容忍壮壮。

记不清壮壮是我私自收容的第几个小可怜了。我是在几千里之外的大草原上遇到它的。当时，它团在路边一堆干草上，眼睛紧闭，小身子缩成一团，快要冻僵了。我带着一只眼睛都还没睁开的小灰狗，坐火车，倒汽车，一路颠簸辛苦，它安然无恙地跟着我到达我居住的这座城市。叫它壮壮，名副其实。

壮壮没有户口。连在我家里走走逛逛的自由也没有。家里人已经给我下了最后的通牒，若我再把那些脏兮兮的猫儿啊狗的往家里带，他们就将我连同它们一起扫地出门。我只好来个纸屋藏狗——只要壮壮吃饱喝足，我就让它待在我给它备好的小纸箱里，小纸箱再塞到我的电脑桌底下。壮壮对自己的处境，似乎保持了它那个年纪不该有的清醒，在那个空间狭小的纸箱子里，壮壮默默地一天天长大。它牢牢记着我的话，我不喊它出来，它绝不会走出纸箱半步。家中没有其他人时，我才会把壮壮从桌子底下叫出来。

那是它难得的放风时间，它简直都要乐疯了，满地板上跑，在我面前打滚儿，蜷着四条小腿儿，仰面躺在地板上，歪着脑袋，一双黑亮的小眼睛，像两粒亮晶晶的黑葡萄。我伸出手，轻轻抚摸它柔软的小肚皮，美得它慢慢地把一双水汪汪的眼睛闭上了。

一边的球球要气疯了，它钻到桌子底下，把壮壮的纸房子一下子就扒倒了，然后挑衅似的回头望着我和壮壮。

我没想到球球会去向家里人告密。壮壮来家第二个月的某一天，球球咬着我母亲的裤角把她一直扯到我的电脑桌前，壮壮那会儿正躺在它已显拥挤的小房子里呼呼大睡。两个多月的壮壮，已经能发出很有力的鼾声。

母亲没有把我和壮壮一起扫地出门，只提醒我自己要注意安全。因为她发现壮壮不像一只寻常的狗。它那犀利的眼神，浑身粗硬密实的灰毛，粗而直的大尾巴，还有它的草原出身，其实早就提醒了我。我很清楚自己做了一件“引狼入室”的险事，但我亲眼看着壮壮从襁褓中一天天长大，朝夕相处中，我与它已建立起一份浓厚的感情，我不舍得送它走。

小区里人渐渐都知道我与狼共舞，看我的眼神都不一样。壮壮身上的野性也越来越明显。白天里，我再不敢随便放它出来。等夜晚降临，我才牵着壮壮到外面放放风呼吸下新鲜空气，可我只带它出去了一次就再也不敢有下次了。黑黑的夜里，壮壮两只绿莹莹的眼睛连我看了都心生寒意。

壮壮终究是一条狼，它的家不应该是我居住的水泥森林。

给壮壮选择一个合适的去处，很让我伤了一番脑筋。我不想让它半死不活地在动物园的笼子里度过它的后半生。送回草原，更是困难重重。它连一点野外生存的基本技能都没有。

接下来的那半年时间里，我为壮壮重回大自然做着一切准备，那对我和壮壮来说都是极其残酷的过程。最初，面对放在它面前的一只温顺的小兔子，壮壮都要吓得连连后退。后来，它发现那只白球儿对它并没有任何威胁，索性上前来跟那只兔子耍起来。壮壮拒绝碰活物，它连生肉都不曾吃过。学会扑食，是壮壮要回归大自然的第一课，必须过这一关。为了帮壮壮渡过那一道难关，我可谓费尽苦心，断掉它的狗粮、香肠，去市场上买了活鸡活鸭扔在它面前。强烈的饥饿感终于激起壮壮的狼性。

它开荤了。

再带它到野外去，将那些活物从笼子里放出来，壮壮体会到了追逐的快乐。

壮壮能把一只活蹦乱跳的鸡扑倒了……

壮壮疾如闪电，瞬间就将一只肥硕的兔子叼回来。壮壮敢向一只长着尖锐的角的山羊挑战。球球再不敢告状，它见着壮壮，还隔老远，就撒丫子跑开去。壮壮已不再是那个温驯的壮壮了，它跟我嬉戏，再也不愿意把自己的肚皮坦露给我，有几次都把我的手臂划伤了。而它看见鲜血时的眼神，让我不寒而栗。壮壮再也不能和我们待在一起。

壮壮又被我千里迢迢送回它曾经的草原。它已经是一只健壮美丽的成年公狼。

如果不是它脖子上我给它挂上的那只小小的卫星追踪器，走入草原深处的壮壮，跟那些奔跑在草原上的同类应该没有什么区别。它那么健壮，那么勇猛，扑食填饱肚皮，对它来说，易如反掌。

从此以后，壮壮和它的同伴们，一起在草原上过着幸福的生活。这是我渴望的结局。

现实却远比这残酷：壮壮回草原不久就死了，死在一场与对手的厮杀之中。

事后，从另一位朋友那里我才得知，我教会壮壮如何在自然界中强势地谋生，却忘记教它如何在强大的对手面前示弱。仅这一点，就把它送上了不归路。

白天鹅自杀事件

金 光

这些年黄河湿地的环境好了起来，每年冬季都有成千上万只白天鹅从天山或西伯利亚飞临。它们成双成对地在豫陕晋三省交界的黄河滩涂上嬉戏玩耍、引吭高歌，惹得天南海北的看客前来观赏。

田宗武老人的责任田就在黄河库区的边上，他每年都要在田里种上小麦。今年冬天，一股寒风吹来，黄河库区的水面一夜之间全结了厚冰，往日总在水中觅食的白天鹅被这层厚冰挡住了，不能入水觅食，只好到周边的田地寻找些芦根或麦根充饥，田家的十几亩麦田便首当其冲成为白天鹅觅食的理想之地。每天夜里，就有附近五六十只白天鹅到此用长长的嘴巴拱开松软的沙土，挖出麦根吞食。试想，这么多白天鹅跑到田里吃麦根，如果不管，不出几天那十多亩麦子就会被它们拱完。可白天鹅不但是高贵之物，还是国家二级保护动物，决不能伤害它们，这些田宗武是知道的。他就在田里绑了三个草人吓唬它们。这一方法果然奏效，草人在寒风中摇晃着发出沙沙的声响，吓得白天鹅不敢近前。

可是，毕竟它们要吃东西，几天之后白天鹅摸准了草人的“脾性”，又大摇大摆地走进了田里。这一下，田宗武老汉实在没辙了，只好大冷天一个人穿着厚棉袄蹲在田边看守。他带上几个炮仗，过一阵子用烟头点一个，往空中一扔，炮仗发出清脆的声响，震得不远处找食的白天鹅抖开翅膀往冰上逃去。

白天鹅忍着饥饿在冰面上翩翩起舞，有时候还结对振翅高飞。田宗武老汉喜欢看它们起飞和落地时的样子：起飞时两只天鹅一前一后猛拍翅膀，河道上便有火车起步般的声响，然后它们把双腿在冰面上一蹬，箭一般地冲上蓝天；落下来的时候，它们会平展着两翼，缓缓下滑，即将落到冰面的一刹那，轻轻收拢翅膀，潇洒地停留在冰面上。

白天鹅不停地起飞降落，把田宗武老汉看得眼花缭乱，看着看着便对这群白天鹅产生了怜悯之心。下午，他装了一袋子玉米，撒在田边，夜里不再看守。第二天，那玉米不见了，白天鹅却一动不动地簇拥在田边，见了田宗武老汉也不害怕了，看着他哦哦哦地叫着。田宗武含笑点点头，点上一袋旱烟抽着，离开了。

于是，每天下午，田宗武就会拿些玉米撒到田边喂天鹅。村里人知道了，也纷纷来撒玉米，后来县机关的人、武警战士、学校老师都来喂天鹅。

白天鹅成了人们的伙伴。

然而，不法分子把贪婪的目光也瞄向了白天鹅。他们听说，白天鹅肉属稀世珍品，就动了歪脑筋，装作喂食它们，而把浸了毒水的玉米撒在了田宗武老汉的田边。

那天早上，田宗武老汉照旧到滩涂上看天鹅，忽然发现麦田边十二只白天鹅倒在那里。它们那长长的脖颈已经软了下来，洁白的身体变得冰冷——这些白天鹅已经死了。田宗武老汉心疼地抚摸着它们，不知如何是好。这时，他看见一只白天鹅跟前有吐出的玉米，突然间知道了这些天鹅死亡的原因，便匆匆地跑回家拨打110报案。

田宗武老人报了案，再次赶到黄河边，守在这些白天鹅的身边等待着林业公安分局的人来调查。突然，他听到有白天鹅在悲鸣，仰头向空中看去，十二只白天鹅一边叫着一边在空中盘旋，一圈两圈……十圈二十圈，它们不肯落下来。田宗武老汉知道它们是在为同伴的死去而悲伤，默默地注视着一直盘旋在头顶的白天鹅。

一阵刺耳的警笛声响过，警车呼啸而至。正当警察忙着清点死天鹅时，天空中飞翔的白天鹅的叫声戛然而止。人们抬头看去，只见那些天鹅一只只箭一般从高空中俯冲下来，一头扎在人们的身边，当场气绝身亡。

所有的人都吃了一惊，赶紧去抢救，可没有一只活过来。

后来，电视台记者带着疑问请教一位研究动物的专家，得到的回答是："白天鹅是一夫一妻制，它们对配偶非常忠贞，如果配偶死亡，另一只不是饿死就是自杀。"

白天鹅被毒死和自杀的事件惊动了当地所有的人，在人们的举报下犯罪分子终于被绳之以法。此后，人们不仅拿玉米去河边喂养白天鹅，还自发组织起来轮流到河边保护白天鹅。

他们说，是白天鹅忠贞的爱情感动了他们。

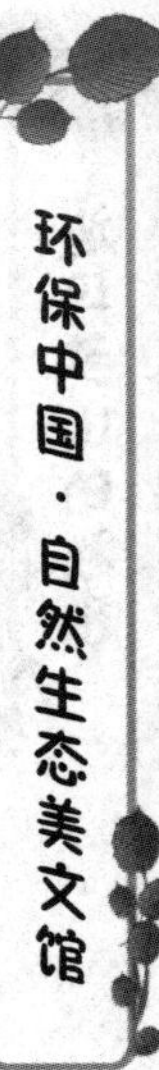

龙潭

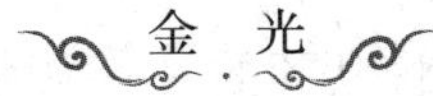

龙潭沟的山根有一眼龙泉，水桶粗的一股泉水日夜不停地往外冒，清澈的泉水形成一个半亩大的水潭后，顺着山沟流淌。由于龙泉的水质甘甜，加上带个“龙”字，就有很多神秘的话题。有人做过统计，龙潭沟在外吃商品粮当国家干部和工人的，几乎家家都有；龙潭沟的女孩长得水灵，不是嫁给干部就是嫁了工人。所有这些，都与龙潭的水有关，你想想，喝了龙泉水的人，哪有不机灵的？

乡里为了改善饮水条件，投资二十万元架设了管道，将龙潭水引到全乡各地，上千户村民都喝上了龙泉水。

一天，龙潭沟的陈麻子上坡放牛，快走到龙潭时，听见扑通一声响，一个影子晃了一下跳进了龙潭。他停下脚步，站在潭边仔细看，发现不见底的绿水潭里泛着泡泡。他想可能有人跳潭自杀，就吆喝着让村里人来救。这一吆喝，热心的村民都跑了过来，用一根一丈多长的竹竿搅了个遍，也没探着什么。正当大家准备离开的时候，忽然从潭里冒出个小猪一样黑溜溜的东西，一跃蹿到潭边的石头上，摆了一下身子，水花四溅，惊奇地看着众人。

“水獭！这么大个家伙！”陈麻子一声惊叫，人们才反应过来。是水獭，足有二三十斤重。组长马贵手中的竹竿往上一扬，就要去打水獭，那水獭头一低，扑通一声又钻进了水里。

“妈呀,你知道獭皮多值钱吗?”叉着腰看热闹的马奇问。

“听说很值钱,可不知道到底能值多少钱。”马贵是马奇的本家哥,两眼紧盯着水潭,不停地用竹竿往水里探。

“我前年在广州打工,看见有人交易,一张水獭皮就卖了一万三!”马奇嘴一咧,看看大家。

“乖乖,一万三?”陈麻子看了一眼坡上吃草的两头牛,“比两头大黄牛还值钱哪!”

大家正说着,山坡上被牛惊动了的另一只水獭也跑了下来,从一块青石上一跃,扑通一声扎进了水里。

“又是一只!”有人尖叫起来。

“水里肯定不少,以前怎么没有发现呢。咋弄?”陈麻子和马奇都把目光投向了马贵。

“一只一万多,要是有个十来只就是十来万呢。”马贵盘算着。

“咋弄? 把它捉住吧。”马奇提议。

马贵扬了扬竹竿:“靠它? 那些家伙光溜溜的,捉不住。”

陈麻子说:“咱们把潭围起来,用石头往里砸,说不定就会冒出来的。只要它再一出水,咱们就下手捉。”

马贵还没说话,潭边的人就自然排开,绕着水潭,顺手拾起身边的石头、土坷垃猛往水里扔去。于是,龙潭里响起一阵阵叮咚声,可是却不见水獭从里面出来。人们有点失望了,一个个看着马贵。马贵重新拿起长竹竿在水中搅动,潭里除了被他们垫了厚厚的一层碎石块外,什么也没有。

马奇突然拍了拍脑门儿说:“前年修路剩些炸药和雷管,可以像炸鱼一样把它们炸死。”

“这办法中。卖十奚万,一家分个五六千块!”陈麻子又看了看他的两头牛。

“拿来!”马贵决然地说。

不一会儿,炸药和雷管都拿来了。到底人多办法多,有人拿来一个夜

壶，把炸药和雷管装进去，又用泥糊着，点了导火索扔进了水里。

“轰！”一声巨响，龙潭的水蹿起十来丈高的水柱，把坡上吃草的黄牛吓得扬了四蹄往前川跑去。陈麻子赶紧去堵，牛又停了下来。

水柱落下，人们在坡边发现了一只水獭。不一会儿，水潭里又漂上了三只死水獭。大家都忙着往上捞，喜得合不拢嘴。只是龙潭的水变成了土黄色，往上泛的劲儿也小了许多。

当天下午，村里的人就把水獭剥了皮，商量着由马奇带两个人去南方出售。

第二天，人们把马奇和獭皮送走后，发现河沟的水变小了，就去龙潭看。龙潭的水只剩下半潭了，龙泉再也不往上冒泉水了。有人对着发愣的马贵说：“这咋办，咋给乡里交代？”

马贵哭丧着脸说：“不是给乡里交代，是咋给咱龙潭沟的子孙们交代啊？我们算是办了件造孽的事！”

几天之后，龙潭彻底干了。而北山过来赶集的人说，他们那儿的一道干石沟里这几天突然冒出一股泉水，还清汪汪的。

龙潭沟的人这才明白，那一炮炸堵了泉眼，流淌了上千年的龙泉水被震得改道从别处流走了……

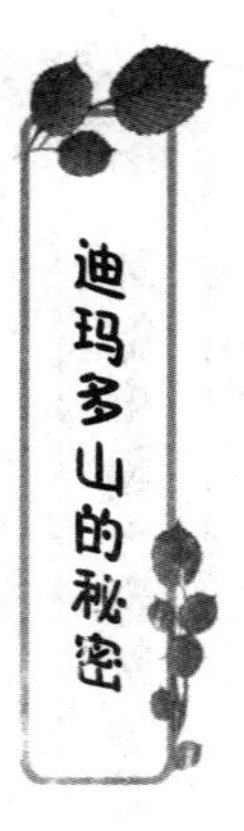

让狼舔舔你的手

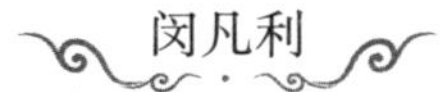

是上个世纪七十年代的事了。那时我在东北的一个深山老林里伐木头。我们是伐木三组。一组三个人，我，李建国，张太平。张太平是我们里面岁数最大的一个，我们都叫他老张。老张是猎人出身，很会做夹子什么的捕兽器来捉一些动物贴补家里。李建国岁数比我小，二十三四岁，我称他为小李。

这一天，我和小李正拉着树，猛然听到一声狼的嗥叫，声音极其凄惨。我和小李停下手中的活儿，朝着叫声搜寻过去，发现一只狼被老张的捕兽器夹住了。我们从狼那不停滴流的乳汁知道，这是一只正在哺乳期的母狼。母狼显得很焦躁，对着我和小李狂嚎，那嚎声里充满仇恨。

小李看着母狼那又鼓又大的奶子说："哥，这可是一个母亲啊！老张这次回家不知什么时候回来，这只母狼如果没人处理会饿死。"

我说："是啊，它的那一窝小狼崽也会都饿死。一死可就是几个生灵啊！"

小李见我这么说，知道我也在为那几个小狼崽担心，就和我商量不能让这只狼饿死，一定要救活这个狼家庭！

我和小李顺着狼的足迹，费了九牛二虎之力，终于在一个大枯树洞里找到了狼穴，将五只可爱的小狼崽抱到了母狼的跟前喂奶，以免饿死。小狼崽还没有睁眼，母狼把爬到自己跟前的小狼崽都弄到自己奶头上，那种温存和耐心，让我们好感动。多幸福的一家啊！可是，现在母狼却身在险境。小狼崽看样子是饿了很长时间了，吃得很专心，不一会儿就一个个吃得肚子滚圆，母狼的奶子也就瘪了下去。母狼不能去寻食，又不让我和小李接近它给它松夹子。怎么办？我和小李一商量，为了母狼有充足的奶水，我俩把吃的省出来一些给母狼。此时的母狼因为被夹子夹住，没有自卫能力，为防止别的动物侵袭它们，我和小李就在母狼附近搭了窝棚，看护着这个狼家庭。

我们刚开始给母狼喂食的时候，母狼非常不友好，它龇着牙冲我们发威，不允许我们靠近。过了几天，母狼看我们没有恶意，态度比以前好多了，不冲我们龇牙了。我们去给它喂食时，它眼里的光柔了很多，仇恨也淡了很多。又过了两天，母狼眼里已没有仇恨了，一见我们就像家里的狗一样温顺了。

我们已经获得母狼的信任，走近母狼给它把夹子松开了。

获得自由的母狼先把自己的那五个崽逐个舔了一遍，接着走到我和小李的身边，围着我俩转了一圈，然后伸出了它那毛涩涩的舌头舔了舔我的手，又去舔了舔小李的手，之后，在我们跟前躺下了。我和小李看到它的伤腿都有些溃烂了，我俩又给母狼的伤腿上药。看着我和小李给它上药包扎，母狼满眼感激。

过了几天，母狼的伤腿好了。那一天，一清早，它就出去了，没过多大一会儿，它叼着一只野兔回来了。接着它又叼回了一只小野鹿放在了我们的窝棚旁。

看到这两只野物，我就对小李说："母狼看样子要离开我们了。"小李看着野兔和小鹿点了点头。

母狼领着它的五个早已睁开眼的小崽子围着我俩转了三圈，接着仰起头长嗥了一声。这一声，我虽然不知道母狼说什么，但我能感觉出，这是母狼在对我和小李说出它最最感激的话，它用这种方式来表达自己的感激。

母狼带着狼崽走了。母狼一边走一边频频地回头，在母狼回头的时候，

我发现母狼的眼里竟有点点的泪花。

后来，母狼的泪花常常开在我的生活里，它那涩涩的舌头舔我手的感觉时时让我感动和温暖，那温暖是信任的温暖，是真诚的温暖。也就在狼舔我手背的时候，我知道了什么是真诚。

我时常在想，如果我们做到了让狼舔自己的手，还能得不到真诚吗？

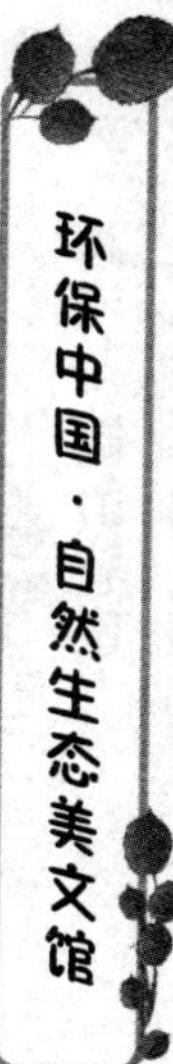

一棵树的风花雪月

闵凡利

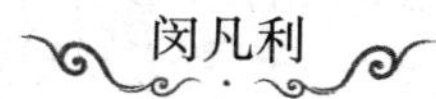

树不知怎么回事，爱上了一个女人——疯女人。

树叫合欢，学名叫芙蓉。细碎的叶，开绒球一样的花，粉红着，像一个梦。似旷野里蒲公英的果实，虚幻着，如一个诺言，或似一场暗恋，很美好，可易碎，怕伤。

合欢长在善州的一条大街上。街叫芙蓉街。以前街上有很多合欢，都很大，可这儿的人不喜欢它，说它柔，小女子似的，郁郁的阴。就都伐了。就剩了它这一棵。是一个女子留住的。女子是一个疯子。伐树的那天，疯女子不许市政管理处的人伐。疯女子和伐树的打。疯女子说："树是我的丈夫，我不允许你们把它杀了。谁要杀树，我就杀了谁！"

伐树的就笑，说疯女人想男人想疯了，不把女人当回事，他们还伐他们的。

女人龇着牙拿着石头过来了，她用石头砸伐树的，用牙撕咬他们。伐树的害怕了，有几个人都被疯女人的石块砸着了呢！

他们就对领导说："你看，你看，她来真的呢！这活没法干了！"

领导看了看疯女人，叹了一口气说："咱怎么能跟疯子一般见识呢，等到晚上再来吧！"

晚上他们真来了，可令他们想不到的是疯女人也在，疯女人在树下铺了个草席子，搂着树睡。伐树的没辙了，叫来了领导。

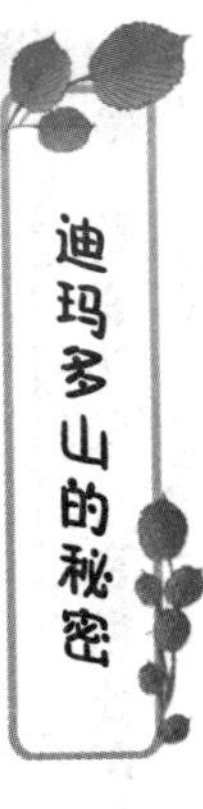

领导看了,眉头皱成了疙瘩说:“怎么会这样呢?”

身边有知情的人告诉领导:“疯女人和她的男人是在这棵树下认识的,又是在这棵树下定的亲。后来男人出车祸死了,女人就疯了。女人就把这棵树当成了丈夫。是个苦命人啊!”

领导听了没说啥。

后来这事惊动了大领导,大领导是县里分管城建的一个官。大领导看到疯女子时,疯女子正紧紧地搂着树,唯恐别人抢走似的。大领导沉思了会儿问:“这条街叫什么名字呢?”

随从的说叫芙蓉街。

大领导说:“是啊,芙蓉街上怎能没有芙蓉树呢,不然就名不副实了。留下这一棵吧!”

这棵树就留下了。就躲过了斧钺之灾。这棵树不知是感激疯女人还是感激那个大领导,反正这棵芙蓉树后来长得很旺,树盖也很大,无论春夏秋冬,这儿就成了人们消闲的好去处。

当然,树下最好的那一块是疯女人的,就是疯女人不来,大家也都把地方给她留着。

再后来,不见那个疯女人来树下了。有好事的就把嘴向疯女人的地方哝哝,问:“咋了,好久不见了?”

被问者大吃一惊,说:“你不知道啊。”

那人就摇头,很茫然。

被问者说:“你不知道啊? 唉,死了。可怜呢!”

被问者说:“苦女子啊,想那个男人想疯了,看见车就追。刚开始追自行车,后来就去追汽车。就被后面赶来的汽车撞了。拉到医院里,女人清醒了,女人说:‘我终于追上他了。我终于能和他在一起了!’之后就笑着死了。”

合欢树这些日子心里就悬悬的,疯女人不在,它感觉少了一个心似的,就知道,女人肯定有事了。听了,真的是女人死了,那几天,合欢树非常非常地悲痛。多好的一个女人啊,就是因为爱那个男人,所以把命也丢了。它很

为疯女子心疼。所以就无精打采的，树叶恹恹耷耷的。

合欢树一连几天恹恹巴巴，惊动了市园林处的人，他们叫树医来看病。树医五十多岁，戴着一副圈圈很多的眼镜，他围着树转了一圈，接着又转了一圈。边看边摇头，心想，没什么病啊，没虫，汁水很旺。低头闻了闻树的“血”，没有异味，按他多年的经验来说，树很健康，啥毛病也没有。

“没病，怎么会叶子发蔫呢？”随从的人说，“肯定是病了！”

树医把头摇成拨浪鼓，问：“这树有过什么故事吗？”

随从的说：“一棵树，还能有什么故事？又不是人！”

树医说：“不要以为只有人才配有故事，有时候，人不如一棵树。”

随从的不说话了。

树医知道自己的话说得重了点，就缓和地问：“我是说，最近有没有人和这树有什么特别的感情？”

随从的说：“对了，有的！有个疯女人死了。”

树医问：“为什么？”

随从说：“疯女人常在这棵树下住，前几天，女人被车撞了，就死了。”

树医点了一下头说：“知道了。”

然后，树医来到了树跟前，用手抚摸着树，抚摸得很温柔，很缠绵，边抚摸边给树唧唧咕咕地说话。说了好久。

之后，专家拍拍树说：“我走了。”

树好像听懂了树医的话，随风摇了摇自己哗啦啦的树叶……

一个星期过后，树医和原来跟着他的人又来到了芙蓉街。离老远，大家就看到合欢树叶片葱绿。

树医很高兴，来到树下，拍了拍树，轻轻地叹了口气说：“唉，苦了你了！”

树随风摇了摇。树医知道，芙蓉树，已经活过来了。

回去的路上，跟随的都想知道树医用什么方法给树治好了病，就问。

树医告诉他们：“用心。”

树医看大家都很迷茫，就揭了谜底：“万物都是生灵。树，也是。”

喊魂

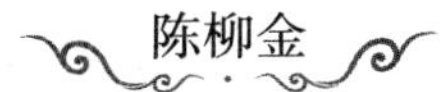
陈柳金

移民村出了桩怪事。一连几天,半夜村里的狗齐齐吠叫,时而高亢,时而低咽,时而悲凄,时而惶惑,把村民的心搅成了面疙瘩。

能掐会算的罗半仙终于开了仙口:“移民移民,一移就成无根草民。自己住进楼房舒坦了,先祖的魂魄却个个飘在半空。狗识阴魂,是想让俺们把先祖灵魂喊回来!”

爹一拍脑袋,说:“怪不得这些天老梦见俺爹在空荡荡的楠竹村不停游走,叫他回家,他却说找不到回家的路!”

仰起头,灰蒙蒙的天空飘着朵朵失魂落魄的云,如黔东习俗中去鳞除鳃的思乡鱼,蓄着劲游移却不知乡在何处。

村民便动了情愫,要把先祖的灵骸迁到移民村的公墓区来。爹一大早就雇了船,请了罗半仙,备齐祭品溯凌江而上。

自从凌江水库加固扩容后,水位上升了好几米,龙王爷把沿途的田野、道路、房屋一口吞下,只让河道两旁傲然直立的刺楠竹浮出水面。村子就在这翠竹环抱的画境里。可惜最是无情水,昔日“竹喧归浣女,莲动下渔舟”的画面只能在梦里苦寻了,楠竹村成了千岛湖下沉睡千年的狮城。

仙风道骨的罗半仙也触景伤情:“整个村都淹了,难怪先祖找不到回家的路。”

爹说:“是该给俺爹安一个新家了!”

到了高山之巅的祖父坟前。一丛杜鹃和一树桃花开得正艳。以前桃子成熟的季节,我们每年都可以摘得又大又甜的桃,恭恭敬敬地摆在祖父坟前,像今天这样香烛高烧,清酒列樽,三牲恭陈,蟠桃献瑞。

此时,罗半仙作揖道:“德川公,日月有轮回,天地无始终。凌江既高涨,吾村变水城。子民俱已迁走,家园远隔万重。望月仰恩德,夜夜梦音容。今奉儿孙命,引尔到新冢。魂兮驾仙鹤,飞过海云峰……”

念毕,便与爹启开坟,把祖父的骨灰坛装进竹箩抬上肩。

罗半仙边在前面撒炒米,边朗声念道:“东方有米粮,南方有米粮,西方有米粮,北方有米粮,米粮落地过百关。神仙关,阴鬼关,马牛六畜关,飞禽百鸟关,金丝蝴蝶关,深水鲤鱼关,圆毛三十六关,扁毛三十六关,各种关神都过了,过了关神跟俺回家门哟!”

罗半仙念一句,爹就撒一把纸钱。

下了山,来到江边,罗半仙又念道:“亡灵亡灵莫飘摇,步步登高过仙桥。过了仙桥有摆渡,上了渡船站稳了!”

在船头续上檀香,摆上三牲,罗半仙竖起招魂幡,喝下招魂酒,擂响招魂鼓,在木鱼声中念起凄凄切切的招魂经。爹扬手撒出纸钱,念响请各路神鬼领赏的唱偈。空中“蝴蝶”飘飞,纷纷洒洒,迎风摇曳,但终究挡不住下坠的弧线,一头栽进江中。爹忽然噙满泪,眼前的蝴蝶化作了秋天落叶,却怎么也找不到自己的根,随水流不知漂往何处。叶落归根从此成了对先祖莫大的讽刺!

船顺流而下,罗半仙口中喃喃,爹每隔数米,就撒一把纸钱,江面上铺开了一条“蝴蝶”水路。据说,这就是阴魂抵达地府的安魂道。人这一生,在世时要用钱买通一个个牛头马面,死后还要用钱买通一个个讨债鬼,到头来却落得个流落他乡……

忽地,船尾响起一通招魂鼓,沉重得要把人擂下江去。罗半仙和爹扭头回望,是陈大耳在为他母亲招魂。一样是木鱼经声,一样是纸钱纷飞。

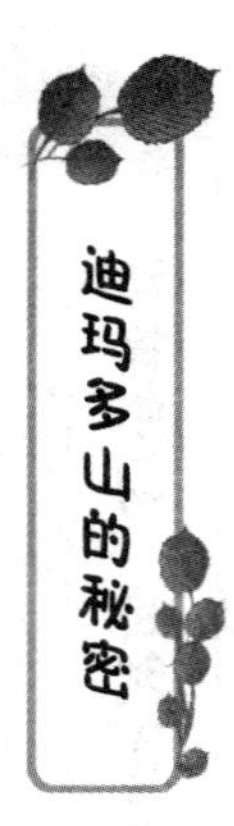

伴着纷纷扬扬的“蝶”舞，天空扯起洋洋洒洒的雨丝。一时间，江上漂来了几十只招魂船，一把把纸钱撒向江面，经声凄切，仿佛满天的魂魄在哭诉。空中响起声声杜鹃啼叫，要撕断人的肝肠，“从今别却江南路，化作啼鹃带血归”！

村民把先祖安葬到了移民村附近的公墓区。按照风俗，家家在坟前栽了杜鹃。因为祖父属猴，爹像以前一样，还特意栽了桃树。

但当天半夜，村里的狗还是此起彼伏地吠叫，村民又慌了神。

罗半仙说：“那是先祖的魂魄初来乍到，还不适应群居式的新坟冢。”

接下来的几天夜半，狗仍吠个不停。一日，爹去了公墓区，所有坟前的杜鹃都枯萎了，祖父坟前的桃树也死了。

罗半仙便说：“准是先祖的灵魂留恋故土，飘回楠竹村去了。得为他们再招一次魂！”

大家觉得在理，各请了师傅回楠竹村去喊魂。

祖父空坟前，香烟袅袅，罗半仙念念有词：“亡魂亡魂细思量，回头不是旧家乡。谁人不恋胞衣迹，儿孙喊你下凌江！”

在罗半仙的经声里，爹虔诚地挖出了杜鹃和桃树。

招魂幡、招魂鼓、招魂经，一条条船在纸钱纷飞中摇向回家的路。每条船上还载着一朵红云，那是村民从先祖坟前挖的杜鹃花。

到了公墓区，村民在安魂经声里再次把裹着老家泥土的杜鹃栽上。爹擦了把汗，不经意间看到一个个白烟缭绕的烟囱，那是山下开了十几年的化工厂。

狗们似乎安静了许多。爹再到公墓时，杜鹃仍几近枯萎。祖父坟前的桃树却奇迹般结了果，正是成熟时节，随手摘个一咬，满嘴酸涩味，爹忽然发出雄狮一样的怒吼，操起桃子朝烟囱的方向狠狠扔去。然后，一头跪倒在祖父坟前，撕心裂肺地喊起了魂：“圆毛三十六关，扁毛三十六关，各种关神都过了，过了关神阿爹跟俺回家乡哟！”

最后的鱼鹰

陈柳金

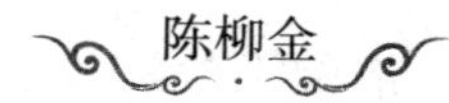

接到通知单时，爹坐在船上抽闷烟，忽一下火没接上，爹脸如死灰，手一松，通知单像溺水的蝴蝶顺流而去。大黑发出“嘎啊嘎啊”的喑哑声，眼里满是哀怜的绿光。爹最放心不下的就是这群鱼鹰了。猪呀羊呀可以变卖，犁呀耙呀可以送人，这群鱼鹰却不忍心卖，更不忍心像那些没肝没肺的渔民把它们炖成老火靓汤。

爹决定给它们一条出路。一大早就摇了木船，鱼鹰们站舷上一字儿排开，个个脑袋耷拉，眼神忧郁，像知道了要去赴一场诀别的盛宴。

爹顺着凌江把船摇到一僻远处，从腰带上取出长杆烟，塞满烟丝，擦响火柴皮，吧嗒一口，又吧嗒一口，满嘴苦涩味。就像心里侵入了一朵阴霾，欲雨不雨，乍阴还闷。

用劲把烟锅在鞋帮上一磕，直起身板，爹把金属箍套在鱼鹰们的脖上，猛一吆喝：“嗨嗨、嗨嗬嗬——！”

大黑张开翅膀，发出“嘎啊嘎啊”的号令，二黑、三黑、四黑全昂起头，呼呼扇翅。睡眼惺忪的晨曦就被扇醒了，饶有兴味地观看一场泽国演义。

“扑通！”大黑一个猛子扎下去。二黑、三黑却捣蛋地擦着水面掠飞一阵才潜入水里。爹盯着涌动的水面，心里也在展开一场博弈。

通知单一来，事情便定了局，哪怕你是七十二变的孙悟空也改变不了。

就要离开生活了一辈子的村庄，这是掏心肝的事哪。从此背井离乡，再也闻不到黄土地上牛羊的粪香，听不到凌江上艄公的号子，看不到水面上鱼鹰的黑影……

“这鱼鹰，是命根子哦。虽然小兄弟帮俺从水里衔来生计，但俺从不把它们当奴仆。经常喂瘦肉、猪肠、黄鳝、鲜豆腐，晚上让它们住西厢的大瓦房。你别看它们是浪里白条，自理能力却很差，连水都不会自己喝，俺每天多次掰嘴给它们灌水。母鹰下了蛋不会孵，得找抱巢的老母鸡代孵个把月，俺每天得盯紧，睡觉不敢脱衣，端碗不敢离步儿，怕母鹰去捣巢。它们就是这样笨得可爱……”

水面忽然划起一道黑色闪电，波滚浪涌，飞沫蔽空。一条鱼甩动着衔在大黑钩状的嘴里，爹伸出长捞子，大黑稳稳当当地飘落铁圈上。收至身边，嘴一松，大鳜鱼掉到网兜。爹轻抚大黑鲜亮的盔甲，它却用忧伤的眼神看爹，旋一个猛子扎入水中。

又一个漩涡卷起，二黑、三黑相继浮出，这次竟都捕了大鳜鱼。爹知道这伙计俩的脾性，以前你不给小鱼，它们硬是不松嘴。这次还没等爹捡来小鱼，它们已把鳜鱼丢到网兜里，转身潜进水去。

鱼鹰是通人性的主。就拿二黑、三黑来说，以前常讨巧卖乖，干活儿老磨洋工，站在舷上半天不动。见大黑衔着鱼钻出水，便飞去假惺惺地帮着把草鲇子、鲇胡子、灰鳜子叼到船上，嘎嘎地邀功请赏。倒是卖力的大黑，从不乱扯嗓子。爹每次给大黑一条小鱼，二黑、三黑自然也少不了。一次大黑闹了情绪，站在舷上不听号令。爹恼了，举篙把它打下水，大黑脚受了伤，便赌气出走。

鱼鹰们一下子没了主心骨，全都懒散得不成。爹很后悔宠惯了二黑、三黑，好生一顿教训后，命令它们去找。爹把船摇进芦苇荡，一路呼喊大黑，直到天快黑时，看到大黑、二黑、三黑一齐叼着条大鲇鱼凫来。爹一把抱过大黑，像见到了走丢多年的儿子。

每每想起那幕，爹心里就绞痛。这一次，爹下了狠心，等鱼鹰们全飞上

船，噙着泪拆了它们颈上的金属箍，赏给一条条小鱼，然后一咬牙把它们赶下水。

爹甩开膀子摇桨，拐个弯就不见了影子。

回到家，爹灌下一瓶二锅头，想用酒精麻醉这撕心裂肺的疼。“再也见不到这群小伙计了，十五年啊，一个盖头浪就把这十五年卷走了……”爹一头倒在床上，不知何时门口竟响起哀怨的“嘎啊嘎啊”。爹踉跄着奔出去，大黑、二黑、三黑懊丧地站在门前，爹眼一热，像久别重逢的亲人把它们拥入怀里。

当所有用得上的家什全装上车运走后，爹又一次摇着木船把伙计们带到凌江的一处支流。他也是迫不得已啊，为了给它们一条活路，爹忍着疼——以一种无奈的方式——诀别！

但无论爹怎样赶它们下水，用篙驱，用捞子赶，用脚蹬船板，一个个铁了心钉稳脚，愣是岿然不动。

爹突然一个猛子扎入水，鱼鹰们见状，争先恐后钻进水里，它们要去救主人。然而，水性极好的爹一个龙回头上了船，摇桨迅疾离去……

爹听到老远传来一片“嘎啊嘎啊”的哀号，仿佛一群迷路的孩子在哭爹喊娘。爹抹了把泪，把金属箍全扔进凌江——“永别了，孩儿们！永别了，血浓于水的村庄！”

借着江风飞过二十公里，爹把木船系在凌江水库一隐蔽处。上了岸，就是按城镇标准建设的移民村，全村因为凌江水库加固扩容被迫迁移。而凌江水库，是禁止捕鱼的。

翌晨，爹像往常一样，腰里别一根长杆烟，头上戴一顶破草帽，找到了那条木船。他怔住了，船上竟躺着一条足有十五公斤重的大鲤鱼！

“嗨嗨、嗨嗬嗬——”爹的吆喝声在库区回响，但凌江水库，怎能容得下一群无家可归的鱼鹰呢？！

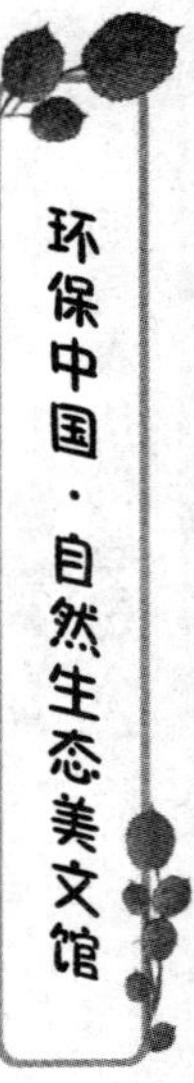

驶入禁区

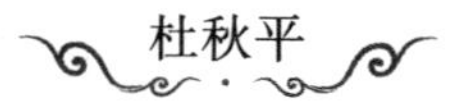

杜秋平

单位组织考察学习，说白了就是旅游。局里有几十口子人想去。没办法，只得包了辆客车，雄赳赳、气昂昂地出发了，目标是极富传奇色彩的金土市。

我们和金土市属同一省份，离得并不算很远，但差别却挺大。这个金土市资源丰富，特别是煤多、铁多，这些年经济发展很快，而且依靠山林，旅游经济也飞速发展。我们事先早合计好了，先到新开发的风景区玩一遭再说。

几小时后，车驶入金土市区，沿着宽阔的大道，两侧高楼林立，好不壮观。我们正啧啧称赞着，路旁一个大牌子闪现出来，上面写着一行醒目的大字："即将驶入繁华区，请车辆慢行！"

我好奇地向前面望去，但见一群群高楼扑面而来，有三五十层，金碧辉煌、蔚为壮观。我忙回头对小马说："原来金土市如此的富有。""当然，有煤有铁，厂子多着呢。告诉你，这片繁华区好多是当地的钢厂老总投资建的，所以，这片也叫'富人区'。"

车好久才驶入外环，这才加快了速度。窗外的风景很快暗淡起来，而且这里居然"飞沙走石"。原来是拉煤炭、拉矿石的大车制造的，它们从客车旁飞速闪过，立即会引来风沙阵阵。客车也不严实，我们很快感到了空气的污浊。老李边咳嗽边说："小时候来过这里，空气可好了。现在的树都跑哪儿

去了……”

正发着牢骚,突然,客车又放慢了速度。

“咋回事?还不快点儿通过,这路太脏了!”局长掩着鼻子说。

“路旁有标志!”司机说道。

我们定睛向外观瞧,可不是,路旁又伸出一个大牌子,上面的字迹有些残破,但还能看得清:“事故多发区,请车辆慢行!”

我打了个激灵道:“这么有钱的市,也不好好修修路。”可细看看窗外,路很宽很平坦啊,只是车太多,又太快,它们拼了命似的往前冲。时间就是金钱嘛。

车小心翼翼地驶过十字路口,又渐渐加快了速度。又走了半个多小时,天色突然昏暗无比。定睛往外观瞧,原来路旁散布着大大小小多个工厂,黑烟滚滚、气势汹汹。此地路旁又伸出一个大牌子:“高度污染区!”

我的天,大家这会儿都有些难耐了,感觉周身发痒,都禁不住在车里嚷嚷起来了。

可没多久前面路旁又伸出个牌子,上书一行大字:“路段下沉区,大型车辆注意安全!”

“挖煤挖的,咱国家好多地方都有这个区,别怕。”司机嘿嘿笑着说。

“咱这车算不算大型?”我真有些怕。

司机见多识广,可不在乎这个,呼的一下就过去了。

又走了多半个小时,接近山区了,空气才越来越澄澈,阳光给人的感受也变了,不再是附着刺痛的感觉,而是轻柔地洒落在身上,轻松惬意。我们都欢呼雀跃着打开车窗,深呼吸,王秘书还陶醉似的闭了会儿眼睛,她顺势靠了下局长的肩头。

车沿着石头铺成的蜿蜒道路缓慢前行,不多会儿就见一个风景区,不多会儿又一个,都起着别致的名字。山间还有奇特的鸟叫兽鸣,让人更感神奇。不过,再细看山间纵横的小路,不断有游人出没,神奇感立刻便淡了些。

我们要到的风景区更偏僻些,还要驶过十几里山路。路还算平坦,也不

甚窄,看来为了开发新景区没少投入,这路修得可需要水平。

突然,路旁的巨石上又伸出一个大牌子:"碎石坠落区,请注意安全!"

我这人出门少,慌慌张张问小马这是咋回事。

"路旁的山崖遇大风大雨的有可能会坠石。没事,一般不会落石头的。要进仙境嘛,总得冒点儿风险吧。"小马呵呵乐着。

我心想,人为了体验大自然的美景,胆子可真够大的。

车好不容易才到达目的地。下车后,大家欢呼雀跃了一阵子才平静下来,这里单是空气就纯净无比啊。买了高昂的门票,开始登山,去往最为迷人的地方。导游笑容可掬地介绍着:"……待会儿大家将看到天下最为清澈的泉水,还有许多珍稀的动植物。还有一种奇特的猴子,它们特聪明,会刻字。"

"啥?"我们都疑惑地看着她。

"刻字。"导游说着带着我们快步转过一个弯,她指着高处的一块巨石说,"你们看!"

上面居然隐隐约约有两个大字,歪歪扭扭的,很复杂很奇怪的样子。导游解释说:"开发这个地带的时候,猴子们老是来捣乱,有人还亲见是猴子刻下了那两个大字。"

"刻的是啥呀?杜哥你知识多,给说说。"小马拉我。

我看了好一会儿也没明白。

导游乐着说:"古文字学家看后解释说,上面写的是'禁区'。"

我和老李面面相觑。

"这'禁区'真是仙境啊,幸亏开发了出来,要不然我可难见。"小马哈哈笑着说。

确如仙境般。一路上,景象飘逸神奇,精妙绝伦。山上已有不少的游人,或在泉水边嬉闹,或在林间追逐,一个个都开心无比。可我此时心里却怪怪的。

林间还有块平整的空地,有的游人在地上支起了帐篷。小马点着头说:

“乖乖，我咋忘记带这玩意儿了。”他又悄悄对我说：“知道吗，听说有的游人在帐篷里都敢鬼混呢——刚认识不久就偷情了。”我没理会他，和老李坐在石头上望着天，这片儿的空气可真清爽啊……

很快天色渐晚，大家也玩累了。

小马笑眯眯地跟局长说：“局长大人，咱到‘繁华区’过夜吧，那儿的娱乐项目可多了。”局长呵呵笑着带领大家下山。

出乎意料的是，路上突然电闪雷鸣，豆大的雨点从黑雾之中洒下来。风大雨急，天色很快暗淡无比。车刚驶近“碎石坠落区”，路旁的山崖落石头了，虽然只是些很小的石块，可也让人直冒冷汗。真的是好险！

我们都惴惴不安起来。而且大家心里更怕的是——前面还有好几个危险的区域呢……

鱼杀

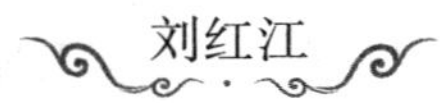
刘红江

某年，某月。

某条寂寞的河流。

我，一条老鱼，漫不经心地缓缓潜游在河底。生命于我而言，太过漫长，它远远超出我记忆的长度——我想它应该和这条寂寞河流的历史一样长。在这场似乎是无涯的生命中，我经历了太多的悲欢忧乐，太多的生离死别——那么多深爱我和为我所深爱着的鱼们，一条条离我而去，而我的眼中已不再有泪与悲伤。因为我终于知道，命运选择让我继续活下去，是为了让我回忆和怀念那些逝去的鱼们，它们的生命将因为我的存在得以延续。

我常常会对那些小鱼崽子们讲它们前辈的故事，虽然它们所做的一切远非完美，比如它们还不曾让这条河流变得清澈和更加适合我们鱼类居住等等，但在我的故事里它们都被美化甚至神化了——因为我坚信，这是那些逝去生命可以不朽的条件之一。遗憾的是，现在喜欢听我讲过去的鱼崽子们越来越少了。我知道，属于我们的那个年代早就过去了，现在的时代不再适合回忆和感伤。但是我不明白，那些鱼崽子们整天忙忙碌碌都在做些什么。

所以在寂寞之余，我偶尔也会改变话题，对小鱼崽子们讲讲生存之道，比如，如何正确面对一个渔夫做出理智的选择。虽然多少年来亲眼目睹了

许多至爱的鱼们，一条条地丧生在渔夫的手下，但是说心里话，我并不恨他们。因为我比这条河里的任何一条鱼都更懂得，没有渔夫，情况只会变得更糟：鱼类的高生育率再加上高存活率，会让河流变得浑浊拥挤、食物匮乏，最终会导致整个种族的灭绝。所以事实上，我仅仅是不喜欢渔夫而已。

但是某年，某月。

这条寂寞的河流啊。

我，一条漫不经心地缓缓潜游在河底的老鱼，被一群蹩脚的渔夫激怒了。那条小船上的几个渔夫，不管他们的所作所为是否代表着人类的共同选择，都已经突破了鱼类所能忍受的最后极限。

那天，最开始的时候，他们只是丢下来几只鱼钩，然后是撒下几张渔网……许多不经世事的小鱼崽子们纷纷咬钩、落网，但是说真的，这算不了什么……对于小鱼崽子们，有时成长是要以付出生命为代价的……而这就是生活。

但是后来，一根很细很长的金属线插进了水里。我感到全身剧烈地一震——啊，竟然是——电流。然后，我看见，许许多多的小鱼、大鱼，还有其他的各种水中的生命，一片一片地漂起来，静静地浮在阳光照耀下的水面。温暖的阳光抚摸着它们年轻而美丽的身体，我想它们……都睡着了吧。

河面上，一定会有风吧。

那么就请你，轻轻地吹吧。

千万不要，吵醒他们。

一些湿湿的东西，缓缓地，从我的眼睛里流出来。多少年不曾流过的这泪水，它会让河水永远记得它的悲伤与仇恨的味道。我深深地吸了一口气，巨大的身体从水下缓缓升出水面。我用硕大而锋利的牙齿咬住小船的船身，在那群渔夫们的尖叫声中，迅速地向前方游去。

对于我漫长的生命而言，也许这最后的几个小时更有意义——我没有记错，我花了几个小时终于把渔夫们和他们的船拖到了入海口。我咬着牙把小船一直拖进深海深处，然后把小船掀翻，看着他们拼命地挥舞着手臂，在蔚蓝色的海水中沉沉浮浮，终于全部沉没。

我忽然感到了——渴。这些宝贵的生命之水，以惊人的速度从我的身体飞快地流向蓝色海洋，我甚至都能听到自己肌肉萎缩的声音。我回头望向远方的入海口——那是遥不可及的生命之门，心如止水。

在大多数人的眼里，鱼，生来就是人类的食物。但是，鱼并不这么想。绝不。

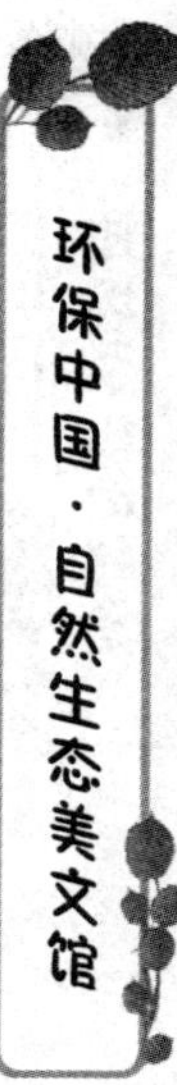

瞄准

孙道荣

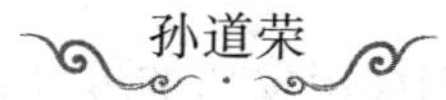

他躬着腰，低着头，蹑手蹑脚，向芦苇深处走去。

风从江边吹来，干枯的芦苇沙沙作响。虽然已是隆冬，但是阳光还是将大地烘得暖融融的。天气变暖了，连南迁的候鸟，不知道从哪年开始，飞到这儿也停下了，不再往南飞。而以前，这里只是它们迁徙过程中的一个休息站。现在，这片湿地，成了众多从北方飞来的鸟儿的越冬地。

除了轻微的风声，空气中四处都是翅膀的振动声。他熟悉这些声音，清脆，干净，温暖，像丝绸从指间划过一样舒心。他是这一带有名的猎手，空中的鸟儿，即使飞得再高，也难逃他锐利的眼睛以及他百发百中的枪。子弹呼啸而出，天空中旋即有一只黑影，孤独地应声而落。从无意外。

他找到一块稍高一点的干地，蹲伏下来。

望过去，不远处就是江涂，鸟儿们此刻在那儿戏水、觅食、打盹，或者互相梳理羽毛。午后的阳光，将江涂上的鸟儿们，晒得懒洋洋的。

他的目光，在鸟堆里巡视。

最多的是野鸭——好看的绿头鸭，调皮的翘鼻麻鸭，贪吃的斑嘴鸭，还有叫声响亮的瑟嘴鸭。他认得它们，就像熟悉的邻居。此外，还有几只大雁，悠闲地踱着方步；甚至还有几只色彩斑斓的黄鹂。他的目光从它们身上掠过。这些，都不是他今天的目标。

他继续在江涂上搜寻。它们应该就在这儿啊。

突然,他的眼睛一亮。在一撮芦苇边,他看到几个细细高高的身影——没错,就是它们。热血一下子涌了上来。

他揉揉眼睛,确认就是它们。一、二、三、四,对,果然是四只。它们告诉他,总共四只。它们埋头在江涂上觅食,对他浑然不觉。他一只只看过去,真是太美了:身上是白色的羽毛,翅膀却是黑色的,展开来,就像一幅水墨画;而细长的脚,则像高挑的舞者,性感,美艳。没错,就是它们,东方白鹳,整个地球上不足三千只。它们比白金还珍贵啊。

他将目光缓缓地从它们身上收回,熟练地从背上卸下猎枪,擦擦枪管,推上子弹,然后,装上消音器。他以前从不用消音器,为了这次行动,他特地请朋友定做了消音器。

他端起猎枪,瞄准。一只鸟,又一只鸟。准星所及,无不打了个寒战,似乎它们能够感受到来自芦苇丛中冷冰冰的枪管的力量。

枪口在那群东方白鹳的身上,停了下来。

一只东方白鹳,又一只东方白鹳。他犹豫着,不知道瞄准哪一只。最后,他的目光和枪口,同时落在了最后一只东方白鹳身上。它一会儿低头觅食,一会儿警觉地抬起头。它看起来比另外几只东方白鹳显得紧张。

他把枪口向空中抬抬,直指蓝天,那将是鸟儿振翅飞起来时的高度。这也是被他瞄准的鸟儿,最后能够飞起的高度。

做好了这一切,他长吸一口气,然后,捡起一块土疙瘩,向江涂上扔去。

鸟儿都惊恐地飞了起来。东方白鹳也都惊恐地飞向空中。那只他瞄准的东方白鹳,也拼命地扇动翅膀,向前奔跑,企图飞起来。

它细长的腿上,缀着一件东西。这使它奔跑起来,很别扭,也很困难。他看清楚了,那是一只金属鸟夹。它的生命力可真强啊,被鸟夹夹住后,它竟然能够拖着鸟夹,逃开了。

在其他鸟儿惊慌的呼叫声中,它终于也飞了起来。高空才是它们自由的家园。他沉住气,缓缓地抬起枪,枪管移动的速度,与它向上升腾的速度,

完美一致。

另外三只东方白鹳在空中盘旋，等待着它们的伙伴。它在努力飞向它们。

他再一次瞄准，然后，右手食指轻轻地搂动了扳机。

“砰——”消音器掩盖下的枪声，像一粒豆子，在炒锅里炸响。

子弹划破空气，如丝绸破裂。

突然，它一个趔趄。

打中了！一个黑影，从半空坠落——正是那只金属鸟夹。子弹将鸟夹与东方白鹳的脚之间的连线，击断了。

东方白鹳鸣叫着，向天空飞去。它细长的双腿，有力振动的翅膀，在空中，划出优美的曲线。

他收起枪，仰视天空——多么蓝的天啊。

大隐隐于野

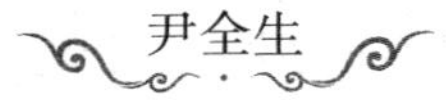

尹全生

小温早厌倦了城市的喧嚣和滚滚红尘，想到一个远离世俗、远离人烟的地方隐居。有道是"大隐隐于朝，中隐隐于市，小隐隐于野"。他认为此言极荒谬：上下五千年，遁迹万千隐者，几人能与"小隐于野"的诸葛亮、陶渊明、孟浩然比肩？夫"大隐"之所，野也！

女友向往的"大隐"更非凡：完全与世隔绝，比陶渊明更陶渊明，像洪荒年代"野人"那样生活。

在一次随"驴友"徒步探险寻幽途中，他们发现了一处与尘世隔绝的隐居佳境。旅游结束后，两人便草草做了准备，打马回头，来到他们神往的"大隐"之所。

这里是既可一道濯足于滔滔汉江又平缓向阳的山坡。举目云悠雾漫处，水寂山空、人烟绝迹。两人都说，"常恨春归无觅处，不知转入此中来"，此地真乃似人间不似人间、非仙境莫非仙境的"大隐"绝境啊！

小温查过地图，这地方属襄阳地界，襄阳自古为隐逸幽境，成就过诸葛亮、孟浩然、皮日休等无数俊杰逸士的伟岸和不朽。

"安家落户"后面临的首要问题是吃住。

小温说"吃"没问题："带有够维持半个月的食品，锅碗瓢勺是备齐了的。山野间有的是野菜野果，远古人能过，我们为什么就不能？况且还带有玉米

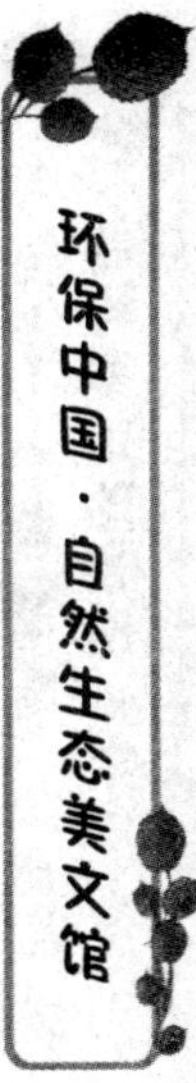

种子,拓荒种地,几个月后就有收成了。有空闲我就刳木为舟——汉江里有数不清的鱼虾!”

女友说“住”没问题:“正值春去夏来时光,带有可遮风挡雨的简易帐篷,入秋后多备些干草,越冬就不是难题。野人能过,我们为什么就不能?”

日落汉江,风牧松涛。他们临江而坐,兴致勃勃地描摹或说是预览将来:

小温承诺日后到草丛中捡些野鸡蛋来,孵化出鸡雏就给女友养着,逐步构建起鸡鸣犬吠、男耕女织,日出而作日落而息的家园。

女友说,在这与世隔绝的地方,夫唱妻和、夫渔妻炊,“执子之手,与子偕老”,演绎出世上最浪漫的爱情……

然而,白云深处人家的第一夜却苦不堪言:天黑时帐篷没关严,里面钻进了烦人的蚊子。起初他们拿电筒起来打,但蚊子如恒河沙数,赶不尽杀不绝,女友叹道:“古人连电筒都没有,真不知道他们是怎么过的。”

“据说有一种草,古人点燃它能够熏走蚊子。”

可是他们都不认识那种草。

晨刚从雾里醒来,夜还在雾里梦着,他们就开始了“超凡脱俗”后第一天的生活:用刀铲除杂草,掘地播种。尽管他们厌倦现代文明,可还必须利用诸如刀子一类现代文明的成果,刀耕火种,逐渐把自己送回“洪荒”。

女友的主要工作是采集野菜、做饭。她没有丝毫辨认野菜的知识,有毒的无毒的,认为是野菜就挖,结果午饭后两人就上吐下泻……

第二天夜里星月皆无。他们正在帐篷里与蚊子交手时,山风骤然掀天揭地而来,暴雨携着雷鸣电闪铺天盖地而至,帐篷转眼间被狂风扫荡进了汉江!两人直接暴露在雷电暴雨之下,瑟瑟发抖的小温搂着瑟瑟发抖的女友:“这可怎么办?”

“古人没有帐篷不是也过了?明天我们搭一个草棚!”

经受了一夜凄风苦雨,天亮后,两只“落汤鸡”就开始为搭草棚而伐木、割草。不久女友却发起了高烧!

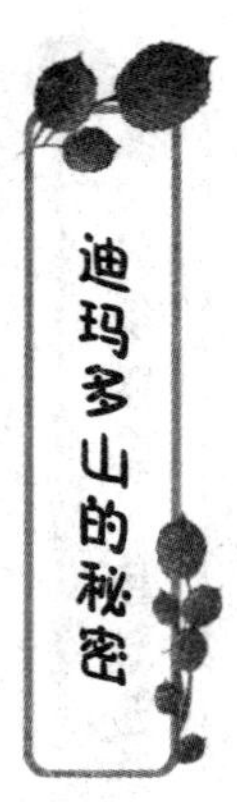

离开城市时女友说:“古人没有药品不是也过了?”因此就没带常用药。可眼下没药怎么办?女友说找些草药来治:“这漫山遍野都是草,其间不可能没有治病的草药。”然而她不认识能退烧的草药,小温也不认识。在这方面,人已退化得不如动物了,包括老鼠、野猪在内的动物生病或受伤,都是能找到草药以自救的!

无奈时小温要送女友到医院。他记得离这里十多公里的山区小镇上有家医院。女友却不同意:“既然我们选择了返璞归真,就不能再走回头路。”她认为到医院求救是向“世俗”投降。

而小温已经打算投降了。因为他心里突然间亮起了一道闪:假设现代文明瞬间轰然坍塌,世界坠落回洪荒,对于蚊子、老鼠、野猪等动物都是无所谓的,无非是重新踏上漫长的进化里程罢了;而人却不同——现代文明,已摧毁了人作为动物原始的生存能力和对自然最起码的适应能力!那么,面对严酷的原始环境,现代人只有灭亡一条路。

他说:“人是唯一不能走回洪荒、再活着回来的动物。”

女友高烧愈甚,已迷迷糊糊不能对话了。小温毅然背起女友离开了他们的“大隐”之所,连滚带爬地下山,泥猴子一般,重入红尘。

女友住院期间,闻讯赶来的当地森林警察告诫小温,他们“大隐”的地方是一个森林保护区,严禁迁入居住,更不允许在其中砍伐树木、拓荒种地,要罚款!

他们“大隐”的向往和实践,顿时被捶击得土崩瓦解——不仅是现代人本身无“大隐”的能耐,而且,这是一个无处可隐的时代。

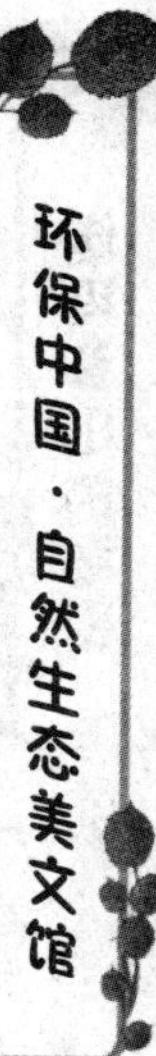

沦落的天使

尹全生

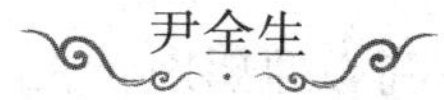

这年春天，我在院门外捡到一只受了伤的小喜鹊。在我的心目中，喜鹊是蓝天白云间的精灵，是能给人带来吉祥喜庆的天使。我为它治伤，捉青虫喂它。到夏天，这只小喜鹊长成大喜鹊，伤口就要痊愈了。我担心它日后会飞走，就剪去了它翅端的羽毛，放养在院子里。

自从有了这只喜鹊，我心里常涌出一种喜事将至的感觉。尤其是清晨被喳喳的叫声唤醒，睁眼看到它站在窗台上，初升的太阳在窗玻璃上喷溅时，我就觉得自己的整个家，都被无际的吉祥笼罩着。

喜鹊有许多招人喜欢的习性。喂食时，它总是先迫不及待地吞咽几口，而后就匆匆把剩余的叼走，藏到墙缝中或扫帚下面，用树叶掩盖好。据学者说，收藏食物是喜鹊的天性，防止冬天挨饿。而这只喜鹊的"深谋远虑"则是可笑的——在被豢养的环境中，还用担心挨饿吗？它夜里一定要栖息在院内的小树上，刮风下雨也不例外。若是把它放进盒子里，它会又叫又跳，闹腾一整夜。有天夜里，我听到它在院子里鸣叫扑打，忙拿电筒奔出屋子，见它正同邻居家的老猫死拼。赶走老猫后，发现它只受了点轻伤，而邻居家说老猫被啄瞎了一只眼！我担心老猫会来复仇，夜里就把它强行塞进屋檐下的木箱里，木箱留个只容得它出入的小洞，夜里用木板堵上。起初，它在夜里闹腾得很凶，闹了一些日子就不闹了。后来，夜里不堵木板它也不朝外

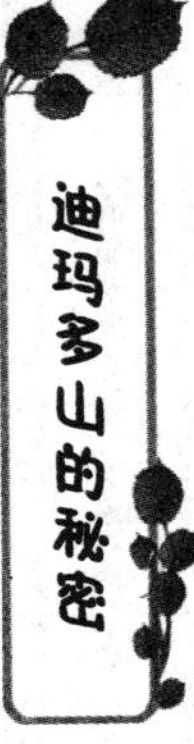

跑了。

它通人性。每当我准备出门时,它就扇着翅膀扑上来,叼住鞋带挽留我;而当我摆脱它的绵缠走开时,它那双绿豆大小的黑眼睛就流露出无奈、惆怅和忧伤;当我下班回来,它就会扑到我脚下,撒娇似的鸣叫。

它很淘气。我看书写文章时,它总爱飞到书桌上,像监考老师那般踱来踱去地监督我。

感觉它过得并不快活。它被剪了翅膀,伤口又没有完全愈合,总试图往外飞,飞不出去就呆呆地站在院心仰望院子上空那方天。这时候喂什么它也不吃。

我买了几只鸡养在院子里与它为伴。起初它很讨厌鸡,总是一副瞧不起的神色,高傲地站在远处不正眼看鸡。当鸡接近时它会发怒,奋力与鸡扑打。但渐渐地它同鸡建立了友善的关系:鸡吃食时它跟着捡米粒;鸡晒太阳它往鸡翅膀下偎;甚至还把自己收藏的食物叼出来放到鸡面前,像是讨好一般。

它的变化远不止这些,许多习性和习惯也渐渐改变了:不再试图朝院外飞;不再久久地仰望天空;不再收藏食物;早晨也不再站到窗台上鸣叫了,不把它从木箱里轰出来,它就在里面睡。连我上下班它也不再像原来那样留恋亲热了。它同鸡厮混在一起,显得很满足。有时为几粒米它也同鸡争斗,可很快又和睦相处了。进入冬季,它的伤已痊愈,可以飞出院子了,可是它并不飞,偶尔飞飞也是在院内。一天,我把它带到院外,高高地抛向天空,它恐慌地叫着飞了两圈,之后就一头扎回我家院子。

隆冬的一个早晨,起床后我照例到木箱里轰它,而木箱却空了。它竟然钻在鸡窝里!大概是夜里为躲避严寒而钻进去的吧。

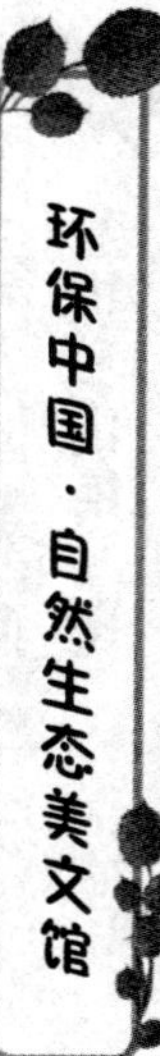

蟒二代

尹全生

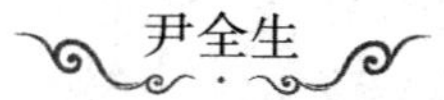

被卖到动物园后没几天，外号叫冬瓜的管理员就把我牵出羊圈，径直走向一个大铁笼。

大铁笼前人头攒动。被众多“长枪短炮”瞄准的一美女持麦克风站在高处，朗朗道：“此前，关于蟒蛇缠绕猎物致死的说法不一，有的说是被缠绕窒息死亡的，有的说是被缠绕造成周身粉碎性骨碎、五脏迸裂毙命的……今天，我们将现场直播蟒蛇缠杀活羊，而后将死羊当场解剖，以验证哪种说法正确。大家看，正迎着我们走来、刚刚成年的山羊，就是将由蟒蛇缠杀、用来验证的‘小白鼠’！”

我一听差点儿没被吓晕过去。我的原籍在一片亚热带丛林边缘，主人是养羊专业户。我和同伴们每天到丛林中吃草时，最害怕的就是蟒蛇。有人说狼阴险凶狠，其实不然，因为狼一般只吃落单的羊，只要不离开羊群我们还算安全。而蟒蛇则不同，它总是悄无声息地潜藏在神鬼莫测的地方，对离它最近的羊发起闪电突袭，瞬间死死缠住，倒霉的同伴连喊救命的机会都没有就被秒杀，而后被生吞。我曾不止一次眼睁睁地看着同伴的惨死，一听说“蟒蛇”二字就心惊肉跳……

这时，“长枪短炮”又瞄准了那阴森森的铁笼，美女仍在“朗朗”：“这条刚成年的蟒蛇，生在动物园，长在铁笼中，属于蟒二代……”

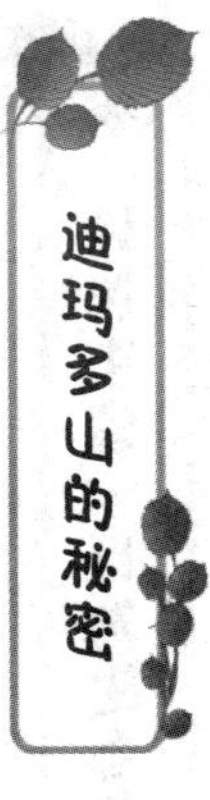

我已经从最初的惊惧中清醒过来了，大喊道："尽管羊横竖都有一死，可我不愿被虐杀！咩——"

冬瓜根本不理睬我的呐喊，打开铁笼把我踹了进去，而后用挂在腰间的钥匙锁上了铁门。

我的生路彻底断了。既然一切挣扎都是徒劳，那就用有限的时间祈祷吧。我闭上了眼睛默念："上帝，您不能让我来世再当任人宰割的羊了……"

铁笼外的惊呼打断了我的祈祷："冬瓜，你老婆遭车祸了！"

冬瓜的事与我无关，随他猴蹿离去。我祈祷完毕变镇静了，敢于直面凶险的杀手了：那是条近两米长、碗口粗的蟒蛇！这样一条蟒蛇对付一只山羊，简直如铁锤砸豆腐。可是，眼下的蟒蛇却蜷曲在铁笼一角，用惊奇、困惑的眼神打量着我。它这是怎么了？

铁笼外的美女还在"朗朗"："蟒蛇至今还没有攻击的意思，大概是因为此前它一直吃着精选的牛羊肉，还没捕食过活物，它需要试探……"

蟒蛇的试探开始了，它一边吐着血红的舌头一边向我靠近。我料定它的闪电一击即将到来。怎么办？是求饶还是等死？求饶，嗜杀成性的蟒蛇能发慈悲？等死，面对现场直播我又觉得太窝囊……既然横竖是一死，那就要死出个样子来，我脑袋上装备的犄角并非花样枪头，生死关头豁出去拼死一搏了！

"咩——"我大喝一声，将犄角对准蟒蛇猛刺过去！

蟒蛇大吃一惊，闪身躲过。照说，它会恼羞成怒反扑过来的，可出乎预料的是，那家伙却虚喘着溜回铁笼一角，摆出了防卫的架势。而且，它浑身还瑟瑟发抖，眼神里满是惊恐和胆怯！

怎么了，世上难道还有怕羊的蟒蛇？我仔细打量那家伙，只见它脑满肠肥、大腹便便，哪有一丝一毫蟒蛇的凶悍？哪有一丝一毫大泽龙蛇的威风？

这哪是条蟒蛇，明明是条放大镜下的蚯蚓嘛！

哈哈，我明白了：这家伙生在鸟语花香的动物园里，长在安全舒适的铁笼中，饭来张口衣来伸手，在这样环境中长大的蟒蛇，已丧失捕杀猎物的能

耐啦！

不仅如此——比捕杀猎物能耐更重要的凛然野性和捕杀欲望，均已在它身上丧失了——蟒蛇在丛林中捕食为的是填饱肚子，为生存而捕杀；而当舒舒服服地躺着就有佳肴美味享用时，傻瓜也不会再去劳神费力了！况且，送到嘴边的那些嗟来之食，是经人精心配了营养成分的，营养和味道都远在只有血腥味儿的野物之上。沉湎于如此养尊处优的环境中，谁还会有捕杀的心思？精神堕落至此，即便有翻江倒海的能耐又有何用？

此刻，我突然想到了惨死于蟒蛇之口的那些同伴，新仇旧恨涌上心头，因此止不住再次大喝一声，威风凛凛地向蟒蛇冲去。那家伙慌忙扭着笨拙的身躯往铁笼上面爬，没承想爬到半路却摔倒在地上，我看准时机一犄角刺去，不偏不倚刺在它的七寸上。蟒蛇无力地甩动几下尾巴，身体就渐渐瘫软了。

可我并没拔出犄角，而是就那样狠狠顶着——美女之流不是正现场直播吗？那就好好直播给世人看看吧：凡是被豢养的，不论它戴着什么样吓人的头衔，没有几个不是菜鸟！

而美女已停止了现场直播，正在惊呼："快打开铁门救出蟒蛇！"

我知道铁门一时是打不开的，因为冬瓜把钥匙带走了。哈哈！

然而，铁门最终还是被砸开了。我被拖出了铁笼，不少人嚷嚷要宰了我。

宰就宰吧！羊生自古谁无死？爷儿们死得值！我呐喊起来："我自横刀向天笑，留取犄角两昆仑。咩——"

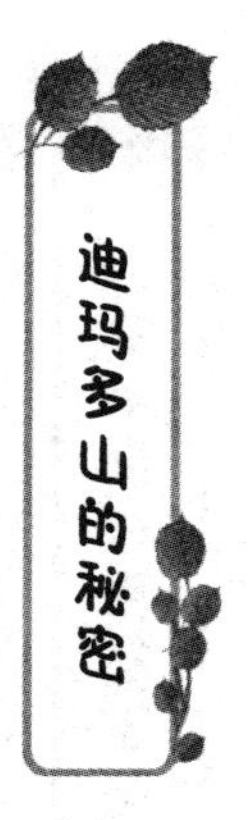

我的不环保生活

曾 颖

主席、评委和会场保安：

你们好！

请原谅我不请自来到台上发表对“环保”的看法。按理说，像我这样来自贫困山区的学生是没有资格和兴趣来参加这个以环保为主题的演讲比赛的，这就如同一个乞丐不能也不愿意和一群阔佬坐在一起讨论鱼翅和燕窝的做法和吃法一样。

我之所以来会场，主要是冲着各位手中的易拉罐和矿泉水瓶子。粗略算了一下，今天到会差不多有一千人吧。如果人手一瓶的话，易拉罐一毛，矿泉水瓶五分一个，也应该有几十元钱吧？如果都归我的话，那我一个星期的伙食费应该有着落了。

请大家安静一下。保安先生请你也不要红脸，容我把话说完，因为关于环保我也有几句话要说。本来我不打算说的，但刚才演讲的前几位同学在演讲中分析造成当前环保危机的根源是因为农民的思想太落后太愚昧。这个观点，我非常不赞同。因此，我必须上来说两句。

坦率地说，我能够磕磕绊绊读大学，并且至今都没有退学的原因，主要得益于我父亲的破坏环保行为。

请不要惊奇，评委老师请你把张大的嘴巴合上，保安请你把棍子收起

来,容我讲下去——五分钟,就五分钟!

我家田少,每年地里产出的东西,只能把肚子混得半圆。如果年景差点儿,半圆还要打折扣。父亲为了多挣点儿钱,可谓想尽了办法。上山下河,打鸟捉鱼,砍柴采菇,什么都干过。

我家屋背后小溪里生长着的成群的梭边鱼,在我读小学的时候被父亲捉完了,全卖进城里换回钱来缴了学费。

我读初中的时候,我家后面那片小树林便遭了殃,父亲一棵棵地将树砍掉卖进城里换回钱来,也缴了学费。他说国家规定他有义务必须这么做。

读高中时,家里已没什么好卖的了,父亲就打起了院里那株老银杏树的主意。那棵树是父亲的父亲的父亲种下的,已有一百多年历史,林业部门还专门挂了牌,说是受保护的树。父亲和我对它都有很深的感情,我家的小院因为有那棵树才优美如画。但没办法的是,优美不能当饭吃,更不能当学费用。因此,父亲下了狠心,说:“等咱娃考了大学,咱再栽!”

起重机来了,把树吊走,在院中,留下一个巨大的坑。买树的是一家经营老树的公司,专门到乡下收购城里已砍得没有影儿的老树,卖给急需老树去装绿化门面的城市,从中赚大把的钱。他们很有实力,因此,有关部门也没来找过什么麻烦。

后来,我考上大学,就在我爹为学费伤脑筋并打算把祖屋卖掉的时候,外面传来了两个天大的喜讯。一个是城里人开始喜欢用根雕来装饰新居,这让父亲想起当年砍掉的那片小树林的剩余价值;而在父亲挖树根的时候竟在我家的后山坡上发现了煤。村里首富牛娃决定投资,大家都有份入伙。我父亲终于找到一个可以卖力气的地方了,此前他进城打过工,因为文化太低且年纪太大,最终没有成功。

在我讲这句话的时候,他老人家也许正赤着膊在地下几十米或更深的地方很不环保地挖着煤。那地方既肮脏又危险,而且随时面临取缔。我现在所用的每一分钱,都沾着他手上的煤灰和汗(幸好还没有血)。我现在唯一能做的,便是乞求老天爷让时间过快一点儿,让我早点儿再早一点儿完成

学业，让我在父亲遭遇矿难之前，将他从那里拯救出来。

我想对大家说的是，贫穷不是大家不注重环保的理由。但贫穷如果不得到治理甚至根除，那环保只能是镜花水月、海市蜃楼。不是农民愚昧得不懂享受新鲜的空气和干净的水，还有美丽的风景，而是他们中的很多人还暂时没有那个能力和心态去关注那些东西。对他们简单粗暴地进行指责是无用的。

我就说这些，感谢主席、评委和保安先生让我把话说完。如果大家在离开时将手中的易拉罐和矿泉水瓶放在桌上的话，就更感谢了！

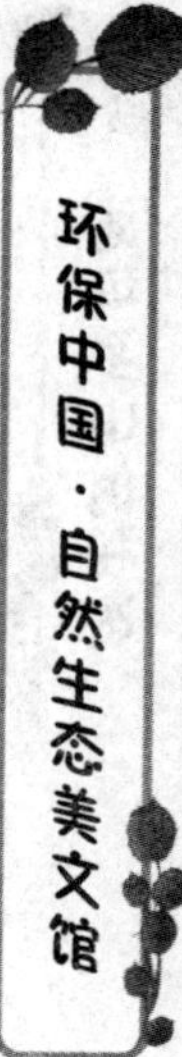

迪玛多山的秘密

纪富强

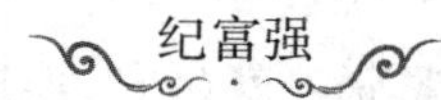

最后一个去过迪玛多山的乌吉力老汉回来了。

和其他人一样，身壮如牛的乌吉力老汉，从此一病不起，卧如烂泥。人们从他眼睛里看到的，只有绝望。

“鬼……”乌吉力老汉瑟缩着说。

族人惊恐地对望，一股凄冷自心底升腾而起。

“看来迪玛多山上真的有鬼，应该下令封山！”

“不！我们的牛羊该怎么办？附近已经没有足够的草，只有迪玛多山上蓬勃着丰美的草源！”

不同意见，瞬时交锋。最后，人们只得将目光匕首般投向沉默中的酋长瓦尔西姆。

瓦尔西姆浑浊的双眼似乎正翻腾着多可里江的巨浪，青筋暴涨的双手战栗着，“喀嚓”一声，已将一根乌铁拐杖从中折断！

“封山！”瓦尔西姆命令一下，再次引发人群骚动。接着，人们就听到了乌吉力剧烈的咳嗽戛然而止。远处忽然传来一阵阵的悲凉哀乐。

是克塔依、贝木、阿森吉……他们回来时都曾衣衫褴褛，奄奄一息。而此刻，都已撒手而去。

村里陷入了彻底的黑暗。悲愤中的瓦尔西姆，毅然决定连夜上山，亲自

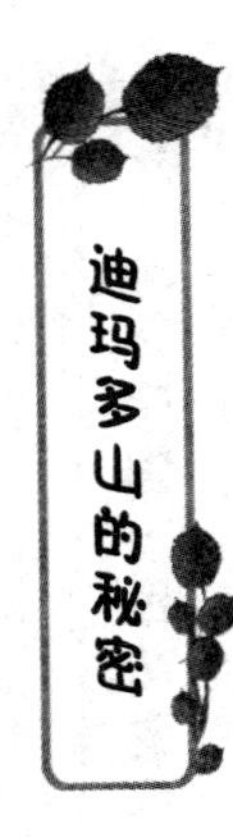

去揭开迪玛多山的秘密！

当他费尽力气攀登到山半腰时，他发现了来自村里的另外五条硬汉。他们无一不是草原上最强壮的牧人。瓦尔西姆只得用目光命令他们跟上，一起结伴向峰顶登去。

据死去的人说，出事地点就在顶峰附近。那里氧气稀薄、温度极低、地势陡峭。先前只是丢失牛羊，后来竟连夺人命！

瓦尔西姆他们登上去的时候，天已大亮。但当所有人面对眼前那个神秘莫测的黑洞时，心里都急剧紧张。就是它，连连吞噬牲畜和人命。难道里面果真有恶鬼藏匿？

瓦尔西姆掏出绳索、干粮、水壶、氧气灯和拐杖，第一个下洞去。他命令其他人没他的暗号，绝不能轻举妄动。

山洞既深又冷。瓦尔西姆双脚落地后，一边向外发暗号，一边惊讶地发现，洞内地上躺满了成堆的牛羊尸骨，四壁都是千姿百态的钟乳石。

借助氧气灯，瓦尔西姆径自走向山洞深处。

空气越来越湿冷，脚下积水越来越深，瓦尔西姆不时见到一些被焚烧过的牲畜尸骨，原来它们是被焚烧后吃掉的！可除了人，还有谁能用火烧烤食物呢？瓦尔西姆迷惑了。随着洞内石头越来越精美，瓦尔西姆愈发小心翼翼，因为他听说过，传说中最可怕的魔鬼往往就住在这种变化莫测的地方。

瓦尔西姆手里攥紧了猎枪和拐杖。随着前方水路突然一转，一股凛冽的阴风迎面冲来！"噗"的一声，氧气灯熄灭了！瓦尔西姆暗叫不好，伸手去摸火石，火石却已不知何时丢失！

瓦尔西姆冷汗涔涔，却依然摸索着继续前行。他发誓即使死，也要揭开洞中的秘密！

当他到达一段极窄处，以为再没有前路时，却忽然发现湿滑的岩壁间仅有一条窄缝，能容一个人进入。瓦尔西姆犹豫片刻，进还是不进？风声愈厉，他猛地端起猎枪，朝岩缝里剧烈开火，借助火光，瓦尔西姆看到岩缝里夹有几颗骷髅！一定曾有人穿越此地，只不过发生了意外！

瓦尔西姆扔掉了除猎枪之外的所有装备。侧身艰难挤入。原来，此间洞内峰回路转，倏然宽阔起来！瓦尔西姆却感觉此时全身麻木，体力严重透支，他开始向前猛跑，希望自己还能活着见到最后的秘密。

瓦尔西姆被狠狠绊倒在地，猎枪走火，霰弹夹裹着火苗喷射而出。他惊奇地发现，前边不远的地上竟是一个深不可测的大坑！

瓦尔西姆虽暂时捡了条性命，但他摔得很重，一时爬不起来。恰在此刻，他听到了身后传来沉重的脚步声。他绝望地闭上了眼睛。

等待他的，却是几只强有力的臂膀将他拉起。原来另外五个猎人赶到了！

火把顿时将山洞照耀得灯火通明。而令众人惊讶无比的是，火光好像经过折射，使洞内瞬时变得流光溢彩，灿烂辉煌！六个人急忙靠上前去，发现前方大坑里被水浸泡着的，是满当当的黄金！

瓦尔西姆和猎人们愣了。他们想起了流传的一个故事，有个叫多足族的部落，人人生有三只脚，他们积蓄了无数财富，却远离喧哗，神秘地游离于高原雪山深处……难道这就是传说中多足人的财富？五个猎人狂呼着解开绳索，下去打捞金条。瓦尔西姆却警觉地隐隐听到在某个遥远的地方，正有无数牲畜向洞内集结，足足有几万只，几十万只，来势汹汹，山呼海啸……

瓦尔西姆突然大吼一声："快逃！"没命向着来路狂奔。紧接着，他听到了身后猎人们被什么撕咬得稀烂的声音！

瓦尔西姆拼命挤过那道狭窄的岩缝，一股巨大的力量便将他冲天抛起！瓦尔西姆撞上钟乳石壁，险些当即粉身碎骨。他终于看清了，身后的这头"巨兽"就是滔天的洪水。接着，洪流巨浪再次将他卷进水底……

瓦尔西姆醒来时，感觉浑身骨头都粉碎了。他被挂在洞口一块高耸的钟乳石上，石尖穿透了大腿。瓦尔西姆痛苦地彻悟：迪玛多山山顶长年被积雪覆盖，冰雪在春夏之交消融成河，而山洞因为位置特殊，每隔一段时间，上游积蓄的融雪水就会泛滥一次，而贪财的族人正是久久留恋于多足人的财

富,从而丢掉了性命……

瓦尔西姆昏昏沉沉。不知过了多久,剧烈的尖唳和咆哮声再次隐隐响起。瓦尔西姆静听,它们就如万马齐嘶,厉鬼狰狞……

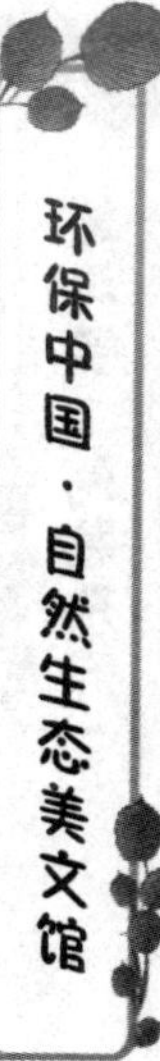

炸狐

纪富强

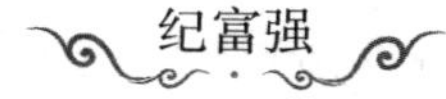

雪下了一夜，风刮了半宿。

早上起来，屋檐下悬一串冰溜儿，满世界一片惨白。

五奎要忙活着出门炸狐。

麻村北山，一到冬天，野狐成患，成群结队，浩浩荡荡翻山串岭。灰狐远看像蹿动的风暴，红狐则像飞翔的火焰。冰天雪地，它们是着急出来觅食呢。五奎对它们足迹的熟悉，就好像看老婆手指头肚儿上的斗和簸箕。

五奎是村里公认的炸狐高手。

五奎之所以炸狐，这里头还有个小道道儿。

五奎是村里有名的孝子，全村数他爹年纪最大，一百零六岁了，所以五奎每次喝酒必邀老爹一块儿，上就上最好的下酒菜，一喝三天整。爹年纪大了，唯一的爱好就是抿点儿小酒，或由一只很老很老的黑狗陪着到坡里地头转转。

爹在村里是个宝呢。五奎的下酒菜又怎么能简略？

在麻村，别人喝一天酒，兴许只就小半碟咸菜，或一半个炸得焦煳的小辣椒。甚至有传得更玄的，说谁在家喝酒，屋里没舍得掌灯，下酒菜是上顿剩下的半条蚂蚱腿。那人每喝一盅，捏起蚂蚱腿在嘴里舔一舔，愣是喝了半宿。下半夜，许是醉了，手一松，蚂蚱腿掉了，赶忙趴地下摸索，等摸着了也

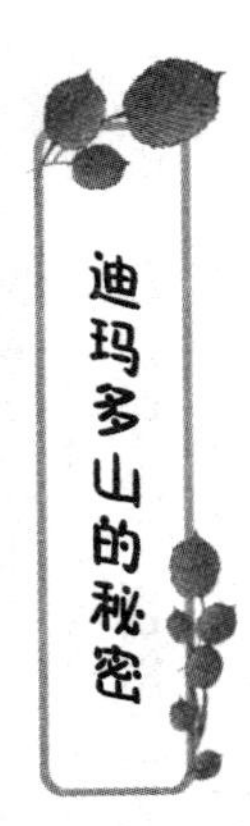

骂上了："狗日的还能叫你跑了？明天三顿还全指望你哩！"第二天，这人嘴唇乌黑泛紫，肿得如猪嘴巴子，老婆凑近盘子一瞅，吓坏了，男人舔了半宿的菜肴竟是条蜈蚣！

扯远了。

再说五奎的下酒菜，一般是两荤三素。在麻村，小葱、香椿、桔梗三样素，只要人勤快，都能种得收得。而两荤，炒山鸡和炖狐肉却不是人人都有口福了。尤其是这狐狸肉，冬天尤肥，扒了皮毛，用砍刀剁巴剁巴，扔大锅里添足了柴煮，香味能把人魂儿都勾没了。

可毕竟捉狐得有绝活儿！

首先雪下三尺深的时候，五奎就早早下炕悄悄出门了。五奎是外出看道儿呢，看那些花里胡哨的狐狸们夜里走的哪条道儿，将那些梅花似的一枚枚小脚印牢记在心。

其次，五奎就开始把自己关在屋子里炮制那些"炸肉丸子"。五奎先是用氮肥和硝酸铵自制成炸药，然后用桔梗叶一包，丢进冷却的肉汤里一滚，再捞出来，放到天井里，任其冻成一个女人拳头大小的"炸肉丸子"。

最后，等雪终于消停，五奎就带着这些"肉丸子"迈着大步上山了。众所周知，狐狸们大都沿着固定的道儿走，五奎就按牢记在心的狐迹撒下一个个"肉丸子"。等这道工序完成了，五奎就迅速掉头，脚印摞脚印地往回走，回到炕头上专心竖起耳朵来听动静。

以前五奎炸狐一夜能听到二三十炮响。想那饿狐见了"肉丸儿"，就跟见了亲爹似的，扑上去张嘴就咬，结果就被炸飞了下巴。第二天，五奎自然收获颇丰。肩上扛的，手里拖的，全是沉甸甸的狐狸。

可也有时候，撒出去的"肉丸子"一个个见少，但响声却寥寥无几。这时候，五奎凭经验就知道是遇到老狐狸了，它们有的径直将"肉丸子"含在嘴里，却不撕咬，直到找块僻静处扒土埋掉了。但它们记性又出奇地好，等来年哪天饿昏了头时，会再扒出来安全地吃掉。

甚至有时候，狡猾的老狐狸一见附近有人脚印即会望而却步，改道儿而

行。慢慢地，五奎也就摸索出了在雪地上单步行走、掩埋脚印和在雪地里滚掷“肉丸子”。

总之人跟狐斗，最终人还是要胜出一筹的。

有一年，赶上荒年，麻村老少吃饭都极难。五奎在山上冒雪猫了三天，瞅准一只狐头，一心要炸趴它回来炖肉。

五奎雪后顺路撒下好几个“肉丸子”，然后回家等动静。

结果第二天，五奎就听见野坡里一阵爆响。五奎兴奋得赤脚蹿上山去，却发现咬了“肉丸子”的根本不是狐头，竟是他们家的那只老黑！

老黑跟了五奎爹好多年，没想到竟就这么去了。

说来也怪，五奎爹本来身子骨儿好好的，却因为老黑突然没了，一下卧床不起。没几天竟也撒手而去。临走，爹嘱咐五奎，让把他和老黑埋一块儿，路上好做个伴儿。

五奎流着热泪埋了老爹。自此便断了炸狐的念头。

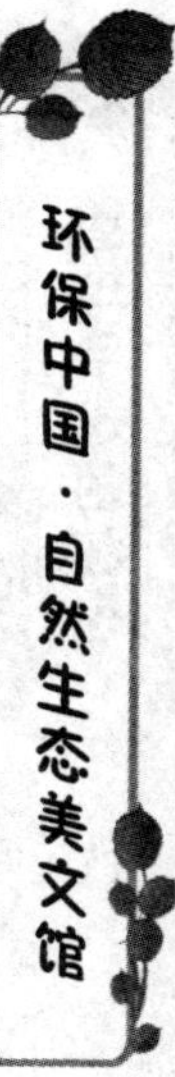

战功

纪富强

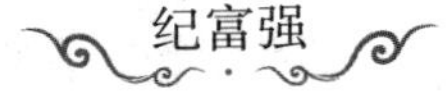

出了县城，向西走两公里，有个斜坡。

上斜坡往北一拐，有一大排平房。

这地方，原先地偏人稀，以养狗出名，俗称“狗窝子”。

实际上，这就是早年县局的警犬训练基地。

听老一代人说，基地红火时，养过二三十只纯种狼狗。每次搞抓捕都声势浩大，不但成功率高，震慑力更是非同一般。

然而，随着形势的不断变化，警犬数量连年骤减，基地也渐渐名存实亡。

后来，根据工作需要，这地方改成了刑侦大队的一个办案中队。

基地元老退休的退休，调走的调走，唯独剩下了民警老倪和那条名叫板凳的警犬。

老倪还差两年退休，是专为板凳留下来的。

老倪没啥文化，人长得又黑又瘦，从协勤到转正，虽干了一辈子警察，也就喂了半辈子的狗，从未摸过枪、办过案、立过功、受过奖。

板凳就不同了。板凳的父亲虎娃是条纯种的德国黑背，当年是赫赫有名的战斗英雄。无论是巡逻放哨、守候盘查还是追踪抓捕、现场搏斗，都有过值得一提的经典案例。可最后，虎娃让几个盗窃犯给麻醉后活活打死了。

板凳青出于蓝而胜于蓝，不但长得高大健壮，勇猛异常，而且特别有灵

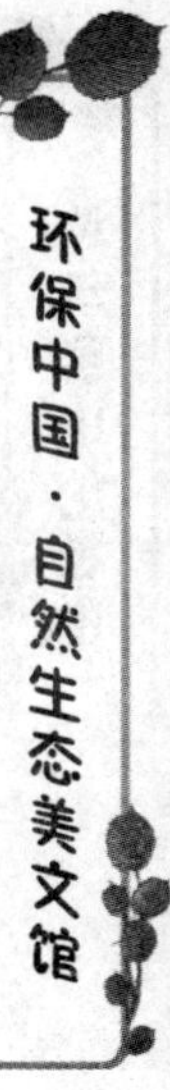

性，能与主人心性相通。

有一次，民警们得到线索，深夜去围捕杀人凶犯。进村后发现，歹徒藏匿的屋子虽不大，但院墙极高，且插满碎玻璃碴，很难攀爬。持有枪支的歹徒早已是惊弓之鸟，若贸然强攻，他们很可能会铤而走险，造成不可估计的伤亡。

指挥员冷静地确定了方案：先把两名经验丰富的民警托上墙去，悄然进到院子里，随后迅速打开院门，大队民警随之冲入屋里实施抓捕。

不料，意外发生了：两民警刚跳进院内，就跌进了陷阱！原来，歹徒白天在院墙下挖了一排深沟，沟底埋了铁夹子，民警跳下去正中埋伏，腿脚受了伤，动弹不得。

墙外民警进不去，墙内民警受重伤，而屋内的歹徒随时都可能持枪冲出来开火！在这千钧一发之际，一个黑影忽然腾空而起。大伙定睛一看，发现是板凳。

只见板凳敏捷地一纵，用前肢稳稳攀住墙头。那一刻，板凳躯体几乎拉伸到了极致，足足两米有余！随后，板凳用粗壮的后腿在墙壁上奋力蹬了两下，整个身体又像回缩的弹簧一样迅速收拢。四肢在墙沿上短暂聚合后，忽又猛地发力，然后轻盈地跃进那个深深的小院。

五秒钟后，躲过陷阱的板凳凭牙齿弄开了紧插的院门。大队民警一闪而入，踹开歹徒藏身的屋门，迅速制伏了五名歹徒。而就在给歹徒戴手铐的同时，民警在枕头下发现了已经上膛打开保险的自制手枪和五连发短筒猎枪！

这次惊险万分的抓捕，一下让板凳名声大振。就连板凳那急中生智的主人，也立了三等功。

后来的后来，板凳立功受奖如家常便饭，逐渐成为警犬中的王牌。

可这一切，都与老倪无关。

老倪是基地元老不假，可老倪从没训练过警犬，只是个喂狗的饲养员。

其实，饲养警犬也不容易。每天，老倪都得绞尽脑汁给警犬拟菜谱（兼

给同事们做饭),然后骑着三轮车上街去买新鲜肉蔬,回来做好后再交给警犬驯养员,由专门驯养员亲自给警犬进食。这样做是为了保证训练效果和加深情感。

很明显,老倪干的就是绿叶的活儿,但老倪毫无怨言。

多年来,老倪从未在警犬伙食费上有过差错。“再抠也不能抠狗粮,那是跟自己过不去!”老倪说的是实话。那时警犬的待遇,远远超出民警自个儿的。

老倪的机会,来自多年后的一个秋天。基地解散,干警分流,警犬处置。领导征求老倪意见,老倪瞅瞅院子里剩下的板凳,选择留了下来。

板凳颈上长了一个化脓的瘤子。虽然医生说是良性的,但或送或卖都出不了手。

老倪恋旧,从此除了给刑警做饭,就常常牵着板凳去马路上遛弯。再后来,中队改建楼房,实施正规化建设。领导又找老倪说:“板凳不能留了,怎么处理,你看着办吧。”

老倪无话,转头呆呆地望着板凳,眼泪就出来了。

一天中午,心烦气躁的中队长走出审讯室甩给老倪三百块钱,让老倪出去弄盆狗肉开开荤,说屋里俩抢劫犯都审十多遍了,愣是不开口,也找不到证据。

老倪听完走了,过了半晌还没回来。民警出门一找,惊得奔回来爆料:“老倪头简直疯了,为省三百块钱,竟亲手把板凳杀了!”众人正在唏嘘,却见老倪提着狗皮端着狗肉回来了。老倪伸手递给中队长一枚钻戒:“你们要找的是它吧?那天我带板凳遛弯,碰到你们开警车过去,当时有人向窗外扔出一团用火腿肠包着的东西。板凳老了,以为是你们丢给它吃的,就叼起来吃了。现在我一回想,那准是嫌疑人丢的证据……”

中队长和民警们听了惊喜不已!却又见老倪掏出三百块钱递过来:“钱省下了,肉一定要吃。不是我残忍,这是板凳最后的牺牲!还有,我这把老骨头也想和板凳一起立个功……”

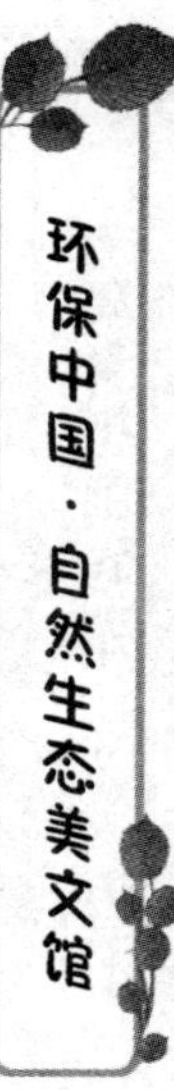

雁不归

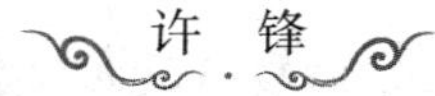

“咿啊咿啊”，“咿啊咿啊”——这是豆雁的叫声，很本色。每年八九月间，北方的豆雁就要准备去南方过冬了。自北而南，千山万水，很不容易，诗曰：“孟春之月鸿雁北，孟秋之月鸿雁来。”说的就是这件事儿。

头雁突然想变一变规矩，今年不去南方了，就待在北方。这个念头一冒出来，它就很激动，激动难耐，在天上飞来飞去，“咿啊咿啊”，“咿啊咿啊”。

头雁不知规矩是哪位老祖宗定的，自打它记事起，大家都这么干。多远的路啊，不断地飞，飞，渴了饿了才下来休息一会儿。想择木多栖会儿，没门儿，老头雁一瞪眼，大家赶紧再飞，跟逃难似的。

今年干部改革，领导换了。头雁刚上任就想点一把大火给大家看看。既大，就要有魄力，前无古人后无来者。但大家一听，都把头摇得像拨浪鼓：“不行不行，不行不行，迁徙虽然要历尽千辛万苦，但大冷天待在北方会被冻死，你这是在冒险。”

发出不同声音、喊得最起劲的是一只老豆雁。

头雁喊了一声：“来啊，把这只老不死的拉出去拔毛。”

拔毛是它们刑法里的“极”刑。这一招儿果然奏效，会场立时寂静无声。

头雁说：“大家不要激动。这事儿有一定的危险性，但千里迢迢死命地飞来飞去就没有危险吗？事实上，我们每年在迁徙过程中都有伙伴儿累死、

饿死、被害死,以及掉队、失踪,损失惨重,而留在北方,可以最大限度地避免无谓的牺牲,不是吗?"

会后,有个别的豆雁还是想不通,有意见,发牢骚,它们无一不被头雁降职、降薪、开除,乃至就地拔毛。

后来大家都一致拥护头雁的决策,认为这项决策属于高瞻远瞩。《雁报》为此连续刊发评论员文章,对头雁的举措给予高度肯定。

一转眼就进入冬天了。北方的冬天可真冷,大家挤在黄河边组成雁墙取暖,头雁居中。这一招有用,里面真挺暖和,但外"墙"一圈儿豆雁倒了霉,冻伤的、冻晕过去的、冻死的,都有。坚持了一个月,头雁觉得不行,又带领大家去市区。市区汽车尾气足,温度高。大家集中行动,"咿啊咿啊","咿啊咿啊",城市广场一下子被豆雁挤得满满当当。人好奇,远远地看;也有胆子大的,一手一只,拎回去宰了熬汤。不断有豆雁报告外面的情况。报告损兵折将的,一律以动摇军心处置;报告人喂食的、乞到食物的,或与人打成一片的,一律有赏。

豆雁占据城市广场的消息随着媒体的报道,全城上下无人不知。刚开始新鲜,大家都挤着去看,但人越来越多,车祸、挤伤等事故和群体意外事件越来越多。市长很生气,让动物园把豆雁收了。

相对来说,动物园条件最好,那里的鸟儿都有越冬的体会和经验。头雁一听这个消息,觉得歪打正着,既解决了生存,又确保了温饱,省却了南来北往舟车劳顿之苦,这在豆雁的历史上,是绝无仅有的。

但动物园地方有限,一半雁住进了雁笼,一半只能露宿。笼子里有暖气,外面天寒地冻。头雁带头进了笼子。外面的豆雁多数被冻死,之后进了餐馆,成了一道名菜。

一晃,春暖花开了。憋了一冬,该出去透透气了。头雁要飞,它使劲呼扇翅膀,没飞起来,还一头栽到地上。它一摸肚囊,哎哟,厚墩墩的,足有半斤肥肉。

都飞不起来了。

头雁在开会时说:“咿啊,事实证明,‘北留’是正确的,一次性解决了大家的归宿问题,大家自此衣食无忧。当然,”头雁略有些沉重地缓缓说道,“咿啊,代价总是难免要付出的,没有牺牲哪有和平?大家更要珍惜目前来之不易的美好生活,好好享受。”

全场“咿啊”“咿啊”响声一片。

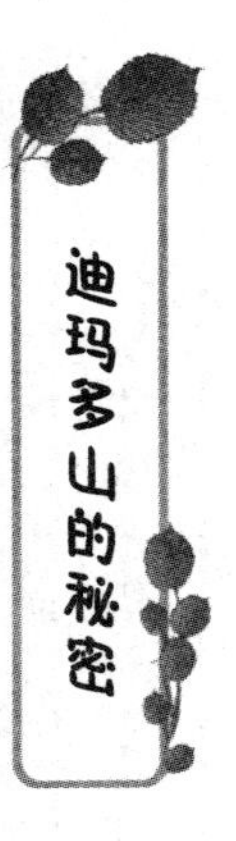

造人

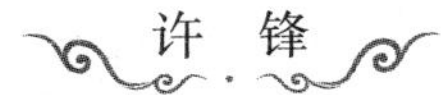
许　锋

还是老鼠好。

一只母老鼠一年能怀八次胎。俗话说:“一公一母,一年三百五。”老鼠也有成熟的大脑、健全的体魄和完整的思想。当然,人当不了老鼠,老鼠也成不了人。但比起老鼠,人长得太慢。十月怀胎,一朝分娩,人生能有几个十月?二百八十天,全日制在肚子里窝着,浪费时间。

人研制了一种药,吃了,一年能怀八次胎。能怀和要怀是两码事。这事儿国家有规定,得按规定办。

吃了这种药,四十五天就能生孩子。

好处多多,很多人高兴。

老板高兴,这么快,产假就可以忽略不计了。女人也可以像男人一样当驴使了。

男人高兴,这么快就可以当爸爸啦。

孩子也高兴,才憋了这么点时间就横空出世啦。

女人大概也高兴,大肚子刚挺起来,就复原了,不难看;不用老请假去检查,看老板脸色;不用担心孕期男人出轨——时间短嘛。

还有医院研制出人造肚子。肉质、温度、纤维、血管,与人体的生态玩意儿一模一样。只要把受精卵植入,给人造肚子插上电,保证不断电(断电也

不要紧,有 UPS),保证充足的养分供应,就万事大吉了。四十五天,一个宝宝就出生了。其实原理一点都不复杂,想一想小鸡是怎么孵化的,一个理儿。

人造肚子一下子成了紧俏货。医院不再加班加点治病,而是加班加点造肚子。为了提高周转速度,医院也安排值班人员在受精卵的监护人不知情的前提下,适当给肚子加加温,适当在营养液中添加一点激素,适当摇一摇肚子加快混合,原来四十五天的周期,有时就缩短到了三十八天。

三十八天孕育出的孩子也活蹦乱跳的,和老鼠一样,有成熟的大脑、健全的体魄和完整的思想。有人断言,这是人类进化史上空前绝后的进步。自此,人类的繁衍不再是“手工活儿”,而是“手自一体化”。更多人相信,未来五年,或许更短时间,人造精子和卵子一定会研制成功,从产生到结合到分娩(应该叫出口),完全是流水线,一条龙作业,全自动化处理。

三十八天孕育出的孩子长到六岁时,有一天去动物园玩,与一只漂亮的孔雀合影,孔雀有点骄傲,不太配合,这孩子一把扭断了孔雀的脖子。

长到十二岁时,爸爸病危,想见他一面,他当时正在网吧玩游戏,玩到兴头上,撂了电话,对身边的小兄弟说:“切,我哪有那时间?”

长到二十岁时,有一天看到妈妈被车撞伤了,不打电话报警,不叫救护车,而是站在一旁跟女朋友煲电话粥。

三十岁时,他领到了自己的孩子——机动车选号似的,给他三次机会,最后一次他选中了一个女婴,小鼻子小眼的,挺可爱。但是他不喜欢,扔到马路上自己溜之大吉。女婴没有爸爸,被送到了孤儿院。

这个三十八天孕育出的孩子长到四十九岁时,偶尔在深夜里,觉得有一种失落的感觉,像是想起了一个地方,那里很温暖,有密密麻麻的纤维,纵横交错的血管,像一座木房子。

有一天路过医院时,他进去看了一眼人造肚子,觉得有些熟悉;又看了一眼,觉得有些陌生。

他摇摇头,皱皱眉,走了。

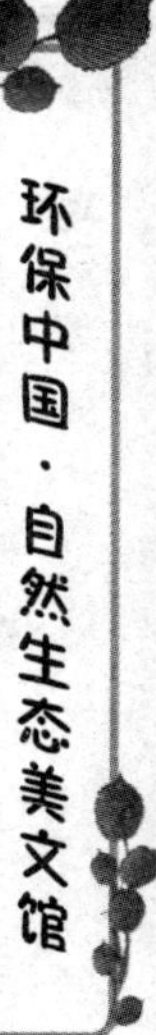

达拉的墓碑

凌仕江

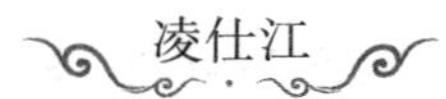

一块墓碑。

在荒原与雪山之间。

后边，是一棵孤独的树。

墓碑上写道："达拉之墓"。

达拉是谁？在通往墨脱的边地察隅旅行，我为墓碑上的名字停了下来。几个红字就像滴血的眼睛深深地凝望着你，让人无法抽身而去。微凉的阳光从树枝间冷冷地砸到青岩石的墓碑上，一阵寒意顿时从头顶蔓延到脚尖。

坐下来，坐在风的怀抱里。不经意间转过身，看到墓碑后面还有一排排细小的文字，原来，达拉不是一个人，而是一匹马。

一匹在恶战中救了一位年轻人性命的马。

1999年，有两个步行去墨脱探险的年轻人行至这里，路越走越窄，几乎到了山穷水尽的地步。更为惊险的是，山上的积雪不断融化，流淌在狭窄的山路上，行人稍不留神就会滑落到深深的山谷。两个年轻人只好卸下肩上的行李，愁眉不展地坐下稍事休息。

就在这时，不知从哪里钻出一条大蟒蛇，像猛虎捕食一般向他们袭来。尽管他们打着八路军式的绑腿，尽管他们用专业的探险装备把自己包裹得严严实实，但埋伏已久的蟒蛇依然所向披靡，一往无前地缠住了其中一个人

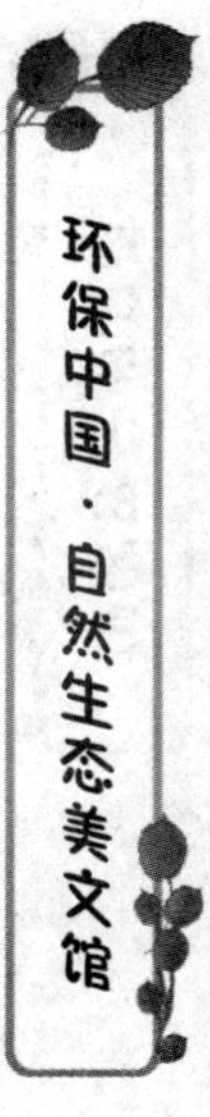

的身体。他尖叫了一声，就再也说不出话来。这条蟒蛇足有碗口粗，它就是要将人活活缠死，然后一口吞下肚。

很快那个被蟒蛇缠住的年轻人便趴下了。另一个人吓得不停呼喊：“救命！救命呀！”

这时，山下的牧马人闻声赶来。他见状大声惊呼：“快，快，抬石头去砸蟒蛇！”

坐在地上的人慌忙起身，颤抖着双手和牧马人一起抬起一块沉重的石头，狠狠地向蟒蛇的头部砸去。蟒蛇将头猛地一缩，尾巴绕出几个麻花圈，像一根有力的牧鞭甩出一记脆响，两人顿时被铲到了几米之外，当场晕厥……

就在那个年轻人即将被蟒蛇吞掉的一瞬间，这匹名叫达拉的马出现了。它将右前蹄伸入蟒蛇的嘴里，还死命地往蟒蛇的咽喉里钻！鲜血从蟒蛇的眼睛、脖子、肚皮上不停地涌出来，被困者获救了。

达拉作为这块土地上的“土著居民”，像素质过硬的特种兵一样，成功地痛击“入侵者”，让蟒蛇伤痕累累。一场苦战之后，不知为何，达拉转身的一刹那，忽地摔下悬崖，掉进滚滚河水中，当即殒命。

三个人，呆在那里，直到天黑也没离去。他们决定，要在此地，为马立碑。

我伫立在一匹马的墓碑前，默然地读着这些碑文背后的惊心动魄，心里很不平静。在墓碑前流连一个下午之后，我穿过灌木和荒草，沿着马车轧过的小路，找到了那个牧马人。当时，他正手持注射器，给生病的小马驹打针。

“谈谈你的马吧——那死去的达拉。”

“达拉其实是一匹很不合群的野马。”老牧人充满感情地介绍，“我看见它在草地上游荡，时而隐身，时而出现，就看出了它的心事，它很想加入我们的队伍。我考虑了多日，终于说服我的马群接纳了它。起初，我的马群都很不喜欢它，因为它的颜色和它们不一样，看上去特别显眼。我多次劝说，让它回到以往的自由中去，可它总是摆摆头，死心塌地留在我身边。都快半年

了,我知道它是回不去了,可马群依然不怎么亲近它。于是,我成了它唯一的依靠,无论什么时候,无论我走到哪里,它都跟在我身边。要不是它太依赖我,就不会发生那样的事儿。”

老牧人的话,越来越沉重。他仰望苍穹,甩甩头,一脸苦涩、遗憾,达拉并没有带走他的爱……

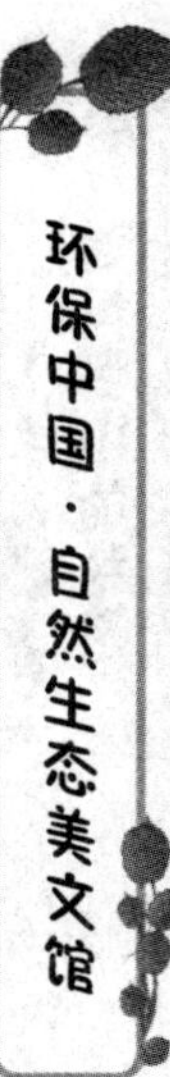

对一头驴的思念

凌仕江

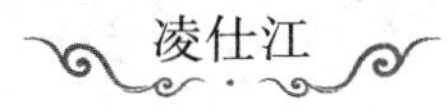

一位从青藏雪山哨所下来的老兵告诉我，因为一头毛驴的离去，几个哨兵哭得死去活来，几天咽不下一口饭菜。那时我已离开雪山，回到世俗的都市。起初，对此很是不以为然：生死攸关，除了泪水，还有什么方式能解救悲伤呢？

于是，老兵从容地讲起了这个故事——

当年我们把羊羔大小的毛驴从山下的村庄带到哨所时，它还不到半岁，对哨所的环境既陌生又恐惧，整天不吃不喝，让我们几双眼睛瞪着它干着急。幸好，没隔几天我们哨所来了个北方兵叫树果。树果不仅懂得写诗，还懂得二人转和动物的生活习性。原本，他怀揣伟大梦想到哨所来是要当海拔最高的诗人，写出感动世界人民的诗句。可事与愿违，连他自己也没想到他当了放驴小子。奇怪的是，在树果独特的口技里，我们的毛驴一天天行如风，坐如钟。美妙的音律从树果嘴边溜出，好比温柔的按摩器。无论大家怎么用功地学，树果如何用心地教，几个南方兵都没掌握让毛驴动心的口技诀窍。唯有树果歪着嘴，婉转的口技声响起，毛驴跟腔的拖音便萦绕在雪山天地间……战友们羡慕树果，说他是神人。

毛驴与树果，每天正午从七公里外的冰河唱着二人转驮水归来。

看在眼里，我们每个人的心里都喜滋滋的。所有与阳光交相辉映的微

笑就像是为毛驴存在的，月光下说不完的故事反反复复都离不开树果与驴，那些风过高原的夜晚，我们简直快活得忘记了月亮。

可自从树果考到外边读军校，这一切都发生了变化。毛驴不再听从我们的使唤，成天不吃不喝，身体非常虚弱，还在驮水路上摔破了水车，然后一病不起。我们看在眼里，急在心里，却不敢对它动粗，只好给山外的树果写信，告诉他毛驴的坏脾气。哪知放驴小子回信告诉我们——思念是一种病，时间可以冲淡一切，但冲不淡毛驴对一个人的思念。他说力争暑假回来看毛驴。

当六月的最后一朵雪花从哨所的屋檐飘落，毛驴的生命已到尽头。哨兵们巡逻归来，它完全没有力气到门口迎接了。望着它悲伤的眼睛，我怕自己坚持不住，引发高原心脏病。我警告自己，作为一哨之长必须坚强起来。在这个远离连队集体的地方，必须得有一个人保持镇定来安慰一群悲痛的人——他们都是刚到哨所不久的新兵兄弟，他们对毛驴的感情比我更深。

就在树果风雪兼程赶回来的当天晚上，毛驴头朝山外，身向哨所，终于闭上了泪汪汪的眼睛。我们毫无思想准备，无法接受这样的结局，禁不住哭声一片。只有树果镇静自若。他要我们节哀顺变，还建议我们用自己的方式来祝福毛驴。

树果在烛光下告诉我们，毛驴之死，源于它与主人的感情过深，它太依恋一种声音和一种味道了，这叫绝爱。当思念成灾，就意味着爱的各种神经组织渐渐紊乱，长时间绝食导致它心脏功能快速衰竭，精神渐渐崩溃，现在该是它回到天堂的时候了。

第二天，我们请来了山下村庄里的藏族老人和孩子。他们是我们哨所最近的友邻。我们商量要为毛驴举行一个特别的葬礼。树果就地取材，为毛驴做了一个大大的雪糕，旁边燃起了一堆篝火。大家围坐在雪糕前，点燃环绕毛驴的五百支蜡烛，告别这位哨所花名册上唯一编外的亲密战友。

边巴大叔吹灭了蜡烛，我切了一大块雪糕送到毛驴嘴边。夜风很冷，月亮落地，只剩下星星在天边静静地聆听。哨所里的新兵和老兵，每个人都讲

了一堆和毛驴相依相偎的故事。只有树果什么也没讲，他默默地做了一张慰问卡。慰问卡里闪动着一枚红豆状的播放器，日日夜夜，高原风送出的全是一个人对一头毛驴的爱之声……

老兵讲到这里，我眼里早已盈满泪水。大玻璃窗外，是匆忙而过的人群，霓虹闪烁，谁也不认识谁。总之，我找不到恰如其分的理由安慰自己。望着对面一脸坚毅的老兵，我背过身调整自己的情绪。

在一个遥远又闭塞的不为人知的地方，人与动物拥有如此美好的感情，即使生离死别，也要选择庄重快乐的方式。

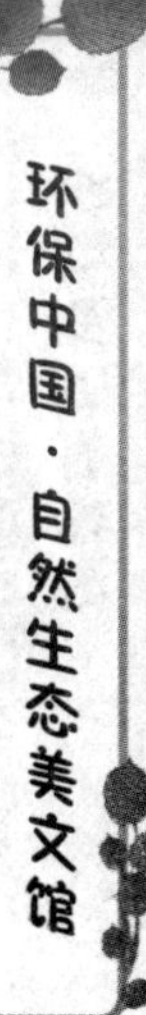

动物传奇两记

申 平

猫王

许六指本来是个上不得台面的人物，但自从他家有了这只大黑猫，他的腰板儿似乎渐渐挺直起来，说话调门儿比过去提高了八度。他动不动就抱着他的大黑猫满村乱转，逢人便显摆："看见没有？我的这只猫，它就是猫王啊！"

但是这年，猫王却受到了严酷的挑战。

那时村里还有碾房，每天都有人到碾房里来碾米磨面，当然免不了留下一些米渣面屑，便有一窝老鼠在碾房打洞做窝儿。每当夜深人静，这里就成了老鼠的乐园。最可恶的是老鼠往碾盘上拉屎撒尿，搞得里头臭气熏天。

便有人带猫来捕鼠。但不知为什么，所有的猫都不敢在碾房里停留，只要人一离开，它们就会立刻从窗户逃之夭夭。

这真是怪事。人们便不约而同来找许六指，请他的猫王出山。许六指啪啪拍着胸脯，威风凛凛地抱着他的大黑猫来到了碾房。大黑猫果然不凡，居然不躲不逃。它东闻西嗅，最后在一个角落蹲伏下来。

半夜的时候，有人听见碾房里猫吼鼠鸣，稀里哗啦似有打斗之声。天亮以后，许六指看见大黑猫浑身是伤，正蹲在他家灶前发抖。许六指一边给它上药疗伤，一边心疼地掉眼泪。他嘴里不住骂着："这一定是撞见鬼了！"他拎着大木棒去碾房寻找，但见里面一片狼藉。他想了半天，也弄不明白到底发生了什么事。

碾房里的老鼠从此更猖獗了。

几天以后，大黑猫忽然失踪了。

大家说："它肯定是给耗子精吓破了胆，上山躲起来了。"

许六指一下子变得萎靡不振，腰杆儿重新弯了下去。

大约过了二十天，大黑猫忽然又回来了，它浑身是土，好像走了很远的路。最奇的是它竟带回一只瘦狸猫来。那猫比大黑猫个头儿小了许多，毛也脏兮兮的，唯有一双眼睛虎虎有神。

大黑猫一进家，就跑到猫食碗旁喵喵叫。许六指赶紧就给它弄吃的，但它不吃，却闪身让那瘦狸猫吃。瘦狸猫也不客气，一口气吃饱。然后大黑猫才肯上前进食。

两只猫趴在炕上眯了一会儿，就相互跟着出了门，一直朝碾房走去。许六指知道有戏，就悄悄跟在后面。正是晌午，碾房里静静的。大黑猫走到老鼠洞前，冲里面喵喵叫了几声，竟嗖地蹿出一只红毛老鼠来。大黑猫绕着碾盘便跑，红毛老鼠便在后面追。追着追着，突见半空里好像划过一道闪电，藏在一边的瘦狸猫凌空跃起，准确地落下，一口便咬住了红毛老鼠的脖子。红毛老鼠吱吱猛叫，拼命挣扎，但瘦狸猫紧紧咬住就是不松口。这时鼠洞里又有老鼠跑出来救援，却被大黑猫一口一个咬死一片。

过了一会儿，红毛老鼠终于不动了，瘦狸猫这才松了口。许六指等人赶紧冲进来，这才看见红毛老鼠被咬断了咽喉，气绝而亡。

当下全村都轰动了，人们纷纷跑来看耗子精，又跑到许六指家去看两只猫。它们趴在炕上，一直睡了一天一夜。

两只猫终于醒了，许六指赶快把它们咬死的老鼠拿给它们吃。他看见大黑猫对瘦狸猫仍是礼让有加，又是等它吃饱了才肯动口。

随后，两只猫相对喵喵而叫，好像在告别。许六指立即关门关窗，他想把瘦狸猫留下来。他嘴里念着："好猫，看样子你才是真正的猫王呀，你就留在我家吧，我会好好待你呀！"

许六指伸手去摸瘦狸猫，却不料那猫呜地一个虎威，将许六指吓得一趔趄。许六指还不甘心，又拿一条小鱼去引它，想乘机把它抱住，再用绳子把它拴起来。没想到那猫一跃而起，一爪将他的脑门儿抓出一条血印。而且它就以许六指的脑门儿为跳板，飞身向窗子撞去，砰的一声撞出一个窟窿，等许六指出来看，瘦狸猫早已不知去向。

大黑猫随后也跑了出去，从此再也没有回来。

许六指难过一阵以后又恢复了元气，他动不动就指着脑门儿上的伤疤说："看见没有，这是让真正的猫王给抓的。"

奇猪

奇猪的故事发生在二扁头家。

二扁头家曾经很穷，穷得连头小猪都买不起。所以他家一年四季都没有肉吃。

后来，老张家的老母猪下了一窝猪崽，数了数，有十三头之多。其中有只小垫窝儿——也就是最后出生的那只小猪——眼看就活不下去了。这是因为小垫窝儿一般都比较弱小，抢不上奶吃，所以往往很难存活。老张头儿就要把它扔掉，这时偏偏遇见了二扁头。

简言之，二扁头得到了这头小猪。他如获至宝，回到家里先是用米汤来喂它，接着用他家的饭菜喂它，这只小垫窝儿竟然活下来了。

从此，二扁头便有了件好营生，就是每天去放猪和割猪草。十五六岁的二扁头一说上学就头疼，一说放猪就眉开眼笑。他精心饲养，从不偷懒。不单是二扁头，他家所有的人都把这头猪当祖宗一样供着，有谁不小心打了他家的猪一下，他们会全家上阵跟你干仗。所以村里人都说，这猪肯定是他家的老祖先转世。

这猪却也争气，它就像被雨露滋润的禾苗一般，一天一天蓬勃生长。转眼到了该劁它的时候。兽医请来了，猪也抓住了，可当二扁头看见兽医掏出家伙要在猪身上动刀子的时候，他说啥也不干了，哭着喊着骂兽医要害他的小猪。气得兽医立刻收起家什走人了。

这猪躲过一劫，更是气吹一般成长，只一年的工夫，它便长成了一头威猛高大的种公猪。而且这家伙野性十足，见了母猪就追，见了公猪就咬，俨然是个霸王。

很快，就有人赶着母猪，来二扁头家配种。配种当然不是白配的，有的给物，有的给钱，二扁头家的日子从此居然有了起色。一家人更是拿猪当宝贝了。

这猪后来竟长得像小象一般大小。它性情凶猛，霸气十足。一旦有生人靠近它，便发出雷鸣般的咆哮声，让人不寒而栗。但它对二扁头家的人却是温柔无比，特别是对二扁头更亲，没事的时候，二扁头可以骑着它在村里炫耀。这猪配种的功夫也炉火纯青，没几年时间，十里八村都可以看到它后代的身影。

若不是二扁头要去当兵，人们还不知道这猪居然有那样超凡绝伦的"义"和笑傲江湖的本事。

二扁头要走那天，在猪圈里跟猪说了半宿的话。他告诉种猪："我要走了，你在家要听话，我会想你的。"

二扁头后来对人说，种猪好像听懂了他的话，它咬住他的裤脚不放，眼里还掉下了眼泪哩。

二扁头走了半年以后，有一天他家的种猪突然失踪了。一家人村里村外、山上山下地找，却连根猪毛都没找到。

村人就说："肯定是让野豹子吃了。"

为此，家里人大哭一场，好像死了爹妈一样难过。

奇的是两个月以后，二扁头来信告诉家里人，种猪跑到他那里去了。

简直就是天方夜谭，二扁头的部队在八百公里外的深山里。这猪又不是人，又不认得路，它又没法向人问路，它是怎么找去的呢？一村的人都表示不相信。

但二扁头在信中说，这是千真万确的。现在，种猪就在部队猪圈里养着呢。而且因为这件奇事，他已经荣升为养猪班的班长了。

后来，二扁头又寄来他和种猪在一起的照片，村里人才不得不相信了，都说这猪分明成了精了。

又过了半年，二扁头又来信了。他说种猪又在部队失踪了，估计它是想家了，回去了。二扁头家里人就扳着指头算着等着，过了两个多月，种猪真的回来了。

全村人都跑去看稀罕，二扁头家里人更是乐得手舞足蹈，说这猪真是神猪。再看那猪，瘦骨嶙峋的，身上还有不少伤痕，显然它在路上经历不凡。但它到底都经历了什么，它在哪儿吃，在哪儿睡，从什么路上走的，这一切人们都无从知道。反正八百公里的路，它竟自己走了个来回。

从此二扁头家更是把它当祖宗一样养着。它老死了，全家人也没舍得吃它一口肉。

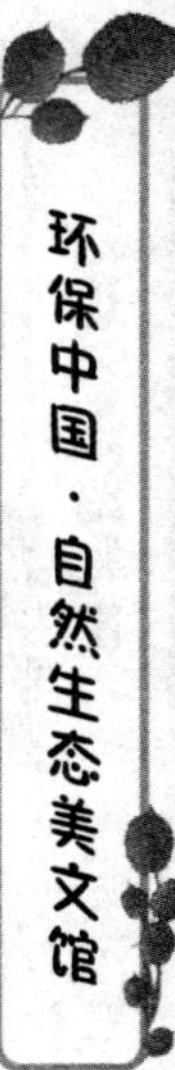

头羊

申 平

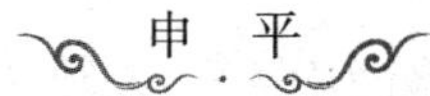

那只威风凛凛的头羊一直活在我的记忆中，它的名字叫和平。

和平来自新疆，是一头纯种细毛种公羊。生产队花高价把它买来，为的是让它对落后的本地羊群进行改造。

和平身架高大，浑身的毛长长的像披着盔甲，特别是它那一对羊角，更是出奇的漂亮：它的两角先向后弯，然后绕一个圈，再从两耳旁向前伸出来，而且两只角上还布满奇异的花纹。它的力气出奇的大，队长往回赶它时它不肯走，队长抓住它的角使劲拉它，它四蹄撑地，任队长使出吃奶的劲儿它也纹丝不动。队长最后只好智取，用一把青草把它引了回来。

和平一来，那头本地种公羊立即黯然失色。尽管瘸羊倌为它创造机会，让它跟和平一比高下，但那家伙一见和平掉头就跑，从此心甘情愿让出头羊的宝座。过了不久，为保证"改造"的顺利进行，队里便忍痛割爱把它杀掉了。

瘸羊倌哭了一场。他和那头羊感情深哩，说它懂人言人语哩，这些年风里雨里不容易哩。瘸羊倌从此便恨上了和平。

但是和平浑然不觉。它很快进入了角色。作为头羊，和平忠于职守。每天羊群出场，它总是精神抖擞走在前面。当羊群和别的羊群相会，其他羊群的头羊有挑衅行为时，和平总是奋勇当先，将其击败。作为众多母羊的丈夫，和平工作十分卖力。春天是母羊发情的季节，和平每天都坚持和十来只母羊交配，从不偷懒。待它把母羊们全部耕种一遍，自己已是瘦骨嶙峋了。

可是瘸羊倌仍不喜欢它，动不动便找茬儿揍它。尤其当冬天来临，一只只毛发卷曲的第一代改良羊羔出生以后，瘸羊倌的火气更大了。

瘸羊倌放了一辈子本地羊，他看本地羊看惯了，怎么看那细毛羊都不顺眼。他说："妈拉个巴子的这是羊吗？这是外国串，二毛子！"

瘸羊倌仍然不时念叨被杀的那只头羊。

那天和平和一条骚扰羊群的狗干起来，勇猛无比的它竟将狗撞翻在地，那狗最后夹着尾巴逃跑了。这本应是受到嘉奖的事，但是瘸羊倌却骂它："妈拉个巴子的光显你能！"

过去"赏"了它两脚。

谁也没有想到和平会反抗。它突然后退几步，又猛地向前一冲，竟将瘸羊倌撞了个四脚朝天。瘸羊倌大骂着爬起来，去拿他的鞭子，不料和平又从后面把他撞了个嘴啃泥，吓得瘸羊倌钻进羊圈里不敢出来。

从此和平有了撞人的毛病。有人从羊群旁经过，只要它看着不顺眼，它就毫不客气地撞过去。一时间，村人见了和平都很害怕。

瘸羊倌就趁机说："看看，这哪里是羊，这比狼还狠哩！"

骂是骂，他再不敢轻易惹它。

但和平毕竟是一只羊，它到最后还是被瘸羊倌算计了。那些日子天旱，羊群每天要去井上饮水。井台上有个石槽，是专门饮牲口用的。瘸羊倌让我打水往槽里倒，他则站在石槽旁，用一根竹竿打那些抢水的羊。和平大约看他老打羊，生气了，忽然一头撞过来，将瘸羊倌从石槽一边撞到了另一边，半天没爬起来。但是奇怪的是这回他没有报复。

第二天，瘸羊倌照例站在石槽旁打羊，边打边瞄着和平。这回和平气更大了，它往后退、退，退出好远才旋风一般冲过来，眼看就要撞上的当儿，却见瘸羊倌嗖地向旁边一闪……

和平就这样死了。它的头颅在石槽上开出了鲜花，两只漂亮的犄角也折断了。这份宝贵的集体财产夭折了。瘸羊倌却振振有词,队里也对他无可奈何。和平死了还背着罪名。

我至今仍然怀念和平。

寻找大黄马

申 平

为了寻找传说中的大黄马,乌力吉已经在草原上转了一年多的时间。

在这一年多的时间里,乌力吉的足迹几乎踏遍了大大小小的草原。他每到一个地方,都会听到人们绘声绘色地说起大黄马的故事,说那大黄马本是草龙的后代,快如疾风闪电,是地地道道的千里马。谁如果有幸骑上它,说去天边眨眼就能打个来回。

然而人们虽然这么说,却没有一个人真正见过大黄马。最后有人建议说:"你去巴彦乌拉草原上找找看吧,也许那里能够找到大黄马。"

乌力吉脚步犹豫地走向巴彦乌拉草原。他知道,巴彦乌拉草原属于凶恶的王爷满达,他手下的鹰犬也像他一样凶恶。但是作为一个出色的骑手,乌力吉太想得到大黄马了。他咬了咬牙,走向最后一片希望之地。

乌力吉风餐露宿,在巴彦乌拉草原上开始了艰难的寻找。他不敢声张,只是在遇到老实憨厚的牧人时才小心地打听大黄马的情况。终于有一个牧人告诉他:"大黄马确实存在,不过,大黄马已经被满达控制了。他派了好多人专门看守大黄马,并想把它献给日本人呢。"

"献给日本人!这个王八蛋王爷竟然想把宝马献给日本人。不行!无论如何我也要找到大黄马,想办法把它弄走,把神马留在草原上。"乌力吉想。

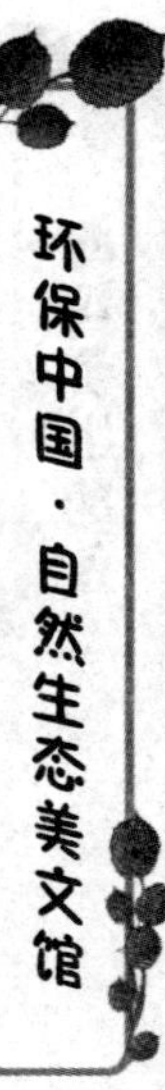

这一天，乌力吉终于在一片山谷中发现了大黄马，不是一匹，而是两匹。这真是两匹奇特的马，一匹高大威武，蹄大裆宽，双目如炬；另一匹则矮小丑陋，但四蹄如碗，双眼暴突。两匹黄马在山坡上安静地吃草，对面山坡上，有两个身背盒子炮的人在那里说话抽烟。

这肯定就是传说中的大黄马了，乌力吉的心都要跳出来了。但两匹马之中哪一匹才是真正的大黄马呢？乌力吉借草木的掩护慢慢向它们靠近，分析判断着。

大个子黄马忽然一声嘶鸣，声震八方。乌力吉在被吓了一跳的同时，认为它就是真正的大黄马。他伏在草丛之中静待时机。晌午，太阳威力四射，两个看守人躺到一片树荫下打盹儿。两匹黄马也停止吃草，站到一片树荫下休息。好机会！乌力吉先是隐身树后，然后突然蹿出，上前抓住了大个黄马的长鬃，一跃上了马背，两腿一夹，挥手一拍，大黄马便如一支离弦之箭冲出了山谷。果然是匹好马。乌力吉骑在马上，但觉烈风扑面，草原、山峦、村庄飞一样向后退去。不知跑出多远，乌力吉刚想松口气，但就在他回头的一瞬间，他惊呆了：他看见天边正有一道黄色的闪电朝这边射来。乌力吉叫声不好，两腿一夹，策马进了一户就近的农家院子。他翻身下马，把蒙古袍脱下一扔，抄起一把扫帚，就哗哗地扫起院子来。

恰在此时，那道黄色的闪电也已经射到。只见一个手提盒子炮的人正从那匹矮马的背上跳下来，冲进院子，用枪点着乌力吉的脑门问："骑马的人呢？"

乌力吉装成很害怕的样子，把头朝屋内摆了一下，那人立刻提枪冲进了屋子……

生死转折就是在这一瞬间发生的。乌力吉见他进屋，立刻将扫帚一扔，上前一把抓住了那匹矮马的鬃毛，一纵身上去，"嘿"的一声，但觉犹如腾云驾雾一般，眨眼间人和马已经飞跃了座座山峦。

后面，响起了无奈的枪声。

老根和狗

张鸣跃

老根是在赶集回家的路上遭遇那只狗的。

一只黄狗，很瘦，在路边卧着，一动不动。老根走近停下时，狗在看他，他停了一下就快步往前走，他知道这狗是被人丢弃的。可是，他越走越慢，又停下了，转身又慢慢走近狗。他看狗，狗也看他。他骂："狗日的，算我欠你的。"再走时，狗就跟上了他。

老根并不爱狗，他对人都没啥情感，何况狗。他独自住在村头一间破屋，光棍儿一条。他带狗进家，在他炕前角落丢了把麦秸，就是狗窝了，再放个碗，有食没食也算个狗家了。

狗很乖，看看空碗，就乖乖地在麦秸上卧下。老根知道狗很饿，在碗里放了点野菜稀汤。狗吃完了叫，老根骂："再叫看我杀了你！"狗不再看他，也不再叫，看着地面。

一到吃饭时间老根就给狗一点吃的，他因此就吃不饱。他恨自己为啥要碰见一只狗。骂归骂，但狗很想亲近老根，总想舔一舔老根，老根不让。后来狗就知趣了，不再烦他，只在老根不看它时看老根，用眼睛亲近。

大多数人家都比老根的日子好过，有家禽家畜。村人常听见老根骂狗，有人就找到老根，说："你这家也没啥看的，狗对你没用，跟着你也可怜，给我吧。"

老根点头同意。但狗到了别人家不吃不喝,晚上咬断绳子又跑回老根家了,扒老根的门。老根服了,只好认命,清静了大半生,竟被一只狗缠上了。

村人早就习惯了不和老根来往走动,都觉得老根是个冷血怪物,村上的婚丧大事他从不随礼,见人也从不搭腔,这样的老根竟会收留一只狗?人们有点惊奇,也有了点感动。

这天,老根上山打柴,担柴出谷时被一头山豹截住了。老根一看就绝望了,这头豹子老根认识,许多村人都认识,它是个大祸害,村上不少牛和猪被它吃掉了,一些狗也被它咬死了。有一次它和两只狗恶斗时,挨了村人一枪,带伤逃走后有两年没进过村了。此刻,山豹就在谷口蹲着,瘦了许多,也阴沉了许多,显然也是在饥饿中,那样直愣愣地盯着他,那阵势是绝对不会让他活着出山了。

老根叹了一声,在柴捆上坐了下来,盯着山豹说:"日你妈,来吧,小心我骨茬子硬,噎死你!"他知道,三匹狼不敌一头山豹,他拼也白费力,怕也白怕。

就在这时,狗突然出现了。老根不知道狗竟一直跟着他,他打了一担柴也没看见狗,狗却就在他身边。狗从他后面扑到了他前面,怒吠着直接扑向了山豹。

老根一下子立起,惊呆了,瘦骨嶙峋的狗还没有山豹的一半大,但却凶猛无比,丝毫胆怯也没有,一跃而起,箭一般射向山豹。山豹后退一步,很快就看清来者不过是一只狗,吼啸着反扑,狗并不退缩,更凶猛地扑咬……

老根刹那间有了一生从未有过的震撼,一下子觉出和狗之间有一种非一般的关系,而且他是一个有罪于狗的"主人",他不如一只狗。他拔出柴刀,吼叫着也扑了上去。

好一场恶战。山豹扑倒狗时,老根的柴刀在山豹背上头上猛砍。山豹扑倒老根时,狗就疯咬山豹的肚子脖子。老根和狗和山豹都是血肉模糊,最后是狗在山豹身下撕出了山豹的肠子,老根的柴刀捅进山豹的喉咙,他的一

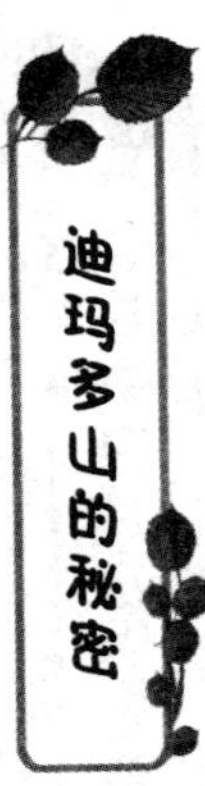

只手也被咬断了……

山豹死了，人和狗活下来了。

从那时起，村人就把老根和狗都称为英雄。老根也完全换了一个人似的，他和狗寸步不离，见人也有说有笑了。

他常对人说："人和狗的关系不是主人和狗的关系，而是命与命的关系，是良心和良心的关系，是义气和义气的关系……"

他说不清了，但人们还是听明白看明白了，老根少了一只手，却明白了一种关系——和狗，以及和人。

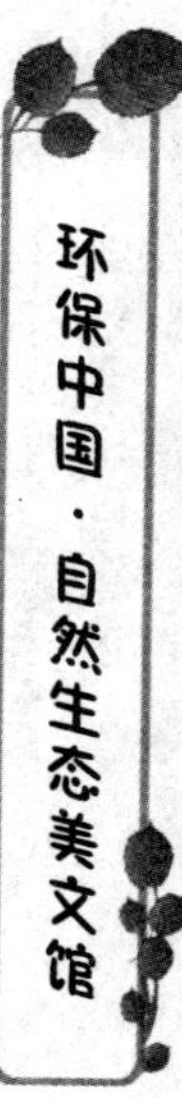

疼痛

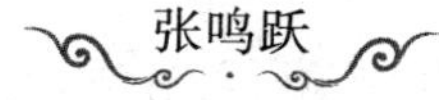

我杀死过一匹狼。

那年我十七岁，在山外县城读高中，暑假回来帮家里上山砍柴时，遇上了那匹狼。

狼出现的位置很凶险，在出谷的两山夹道上，狼一动不动地看着我，相距仅十来米。沉重的柴捆还在背上，我心里一惊，身心内外如冷风刮过。我慢慢蹲身放下柴捆，再慢慢站好，面对狼，也一动不动。

我看清了这匹狼。是匹老狼，瘦骨如刀，乱毛脏黄，显得狼头更硕大狰狞，两眼眯缝着，肚子凹瘪着。一匹有了魔性的饿狼。有人说，遇到这种狼不能抖不能哭叫更不能逃跑，要站直了，盯着它，它不动你千万别动，你的气势能压过它，它就会认输走掉，除非是群狼。我不敢动，极力保持镇定，只希望有人入谷，我就有救了。

我发现这匹狼和传说中的不大一样。它不是蹲立，而是俯在地上，两只前腿呈跪姿，头也俯在地上，静静地看着我。而且，它后面扫帚似的尾巴在轻轻摇动。我家的狗对我撒娇讨好时才这样的。可我很快又想到另一种传说：狼比人精，最会蒙骗和捉弄人。它是在麻醉我吗？

几分钟后，狼动了。不是站起来走向我，而是爬。保持那姿态不变，只把头抬起一些，朝我匍匐前进。爬几下，又恢复原状，俯下头去，静静地看

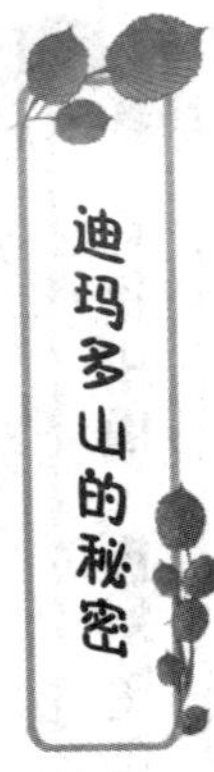

着我。

我快崩溃了。我想它是在试我的胆气，在逼我失态发狂。狼似乎看出我内心的慌乱，又在前进，一次比一次进得多，和我仅几步之隔了。

只有以死相拼了。我的手慢慢移向背后，慢慢抽出鞘里的砍刀，等着狼的最后一扑。狼爬得越近，头俯得越低，还发出一种婴儿低泣般的怪声。我不敢看它的眼睛，它的眼睛不像传说中那样可怕，它的眼睛像婴儿，没有丝毫恶气，甚至有一种哀求在里面，有泪水在闪。狼竟闭上了眼睛！我忽然想到，狼是想在我完全麻痹时一口咬断我的脖颈！

我背后的手握紧了砍刀。狼闭着眼睛，像在等待我的举动。

这是绝好的机会，狼没想到我手中有砍刀。我只要用尽全力一砍，它不死也伤，我的胜算就大些。

就在我紧握砍刀的手刚移到前面来时，狼忽然睁开了眼睛。我一下子愣住了，手又藏到背后。狼分明看见了我手中的刀，它的眼睛有了变化——一种惊觉后的恶变，但很快又消失了。更奇怪的是，它呜咽了几声，又闭上了眼睛。

说时迟那时快，在狼再次闭上眼睛时，我猛扑上去，拼尽全力照着狼的腰砍了下去。意外发生了，也许是用力过猛，刀头在落下的半路竟脱柄了，飞出好远，落在狼背上的只是刀柄。

狼叫了一声，站了起来。那一下显然没能伤到它。令我不解的是，狼站起后并没有反扑，而是连头也没抬，抖了几下又跪伏在地上。恐惧和迷惑激怒了我，我哭吼着扑上去，死死地掐住了狼的脖子。我发疯般用尽全力狠掐不松，好一阵子，我的吼叫声停息，狼也不再颤动，身体也由热变冷。我猛然惊觉：狼竟没有反抗，一点也没有，直到断气也还是先前那种姿态。

我瘫软在死狼的旁边，呆了。忽然间，我在狼背上发现了问题。狼背上有好大一块脱了毛，脱毛处已黑肿腐烂，中心处有突出的黑包，周围一层一层地肿烂开来，分明有异物在里面。我取回砍刀，划开狼背上的腐肉，取出那异物。是一根刺，野皂荚的那种毒刺，黑色的，两寸有余。

狼知道只有人才可以救它。狼用它的身体语言细细地对我说了，它需要帮助，它很痛，它生不如死。狼在发现我想要它的命时，放弃了反抗，一直忍受疼痛还不如死于人手。

在疼痛的狼向我哀求救助时，我只是在想狼的种种恶名传说，只想杀死它。这就是在生灵群体中高高在上的人性？

我埋葬了狼，也在心里埋下了终生难以消除的疼痛。

一片森林

周齐林

揉着惺忪的睡眼，双脚踩在清晨的云雾里，我缓缓朝庄的那一边走去。父亲就在离我不远的地方，我听见他的脚步落在青石上发出的声音。

天微亮，父亲就把我叫醒了。父亲总是把一切准备妥当后才叫醒我，而后他蹲在门槛上，卷好一根烟，缓缓地抽起来。我捧着毛巾擦一把脸，就回头望父亲一眼。父亲指尖的那丁点星火在薄夜的映衬下显得光亮起来，而他的身影却淹没在无际的黑暗里。父亲每每抽完烟，响亮地朝我吆喝一声，我们就出发了。

路蜿蜒着伸向远方，白天在半空中漂浮着的灰尘此刻安静地匍匐在路面上，仿佛沉睡未醒的云庄。

太阳探出半个头时，父亲和我来到了山之巅。父亲把斧头锯子放在长满青苔的石头上，而后从袋子里掏出一壶酒来，拿给我两个馒头，自己仰起脖子咕噜着喝了一大口。父亲每次提起斧头前，总要喝一壶米酒，那是母亲还在时酿就的。母亲走了，留下的是那二十多坛她亲手酿造的米酒。父亲沉默着喝酒的那会儿，我就啃着馒头站在高高的山头上，眺望模糊而遥远的云庄。

父亲的一声吆喝，悠悠地回荡在整个山间。山风呼呼，像一群幽灵在坟地里打着转儿，此消彼长，如泣如诉。在一声咔嚓的倒塌声中，父亲眼前那棵站了许多年的树终于躺下。父亲扔下斧头，躺在地上，长长地舒了口气，

额上满是汗水。

我跟着父亲，把落了满地的深绿拢在一起，而后抱着把它们撒在不远处那个不起眼的坟墓上。光秃秃的坟墓转眼之间便淹没在一片春色里，在阳光的照射下闪闪发光。父亲跪在墓前磕了三个头，而后看着我说："林子，过来，给你娘磕几个头。"父亲的这句话立刻让我知道里面躺着的是我只叫了两年的娘。

我抱着两根光秃秃的树枝摇晃着走在后面。父亲扛着树身，不时回过头来看我一眼。父亲始终没有停下。

傍晚时分，那棵在山上待了许多年的树横躺在我家门口。父亲在树旁点了三炷香，细长的烟雾缭绕着朝天际飘去。三炷香燃尽成灰时，父亲又开始忙碌起来，而我早已"八"字形地趴在床上。

梦里，我看见父亲两手推着刨，把树的满身斑驳刨成一片耀眼的白。

深夜，我从梦里爬出来，一堆蜕皮的木头一脸苍白地出现在我眼前。昏黄的光线把它们的身子斜射在墙壁上，仿佛一个残缺的人，摇晃着走在墙壁上。

我擦着双眼走出门，摇晃着走进昏暗的厨房喝了一瓢水。父亲正蹲在门槛上抽烟，整个身子前倾着，一半在黑暗中，一半笼罩在暗淡的光线下。

次日黄昏，父亲把棺木送到了张太爷家。张太爷压抑着丧子的悲伤，一脸热情地紧握父亲的手。临走时张太爷硬要留父亲吃饭，父亲婉言拒绝了。在巴掌大的云庄，父亲是有名的木匠，造得一副好寿木。庄里每每有人蹬腿而去，都会把复杂的眼神投向父亲。每每此时，父亲二话没说就带着我上山了。平日里父亲不上山，只在家里给庄里人做些小板凳家具之类的东西。只有云庄的人飘向天际的那天，他才带着我匆匆上山。

那一片茂密的树林，在整个云庄，只有父亲有资格把它们搬下山来。

父亲说："在整个云庄，每个人都拥有那么一棵树，不多也不少，就那么一棵。多余的树那是先人栽下的，乱动不得。在庄里，哪家添了丁，就会上山去栽下一棵。到走的那天，再去搬下来。"

父亲的诉说，让我知道山上也有一棵属于我的树。

我就这样在父亲的一刀一斧声里，在为一副副棺木的奔波里长成一个帅气的小伙子。

而此时，云庄成了老人的世界。整个云庄的年轻人都跑到外面淘金去了，只留下一些老弱病残望着天。我整天闷在屋里，父亲有时推开门意味深长地看我一眼，沉默不语。

父亲有那么好的手艺，却在巴掌大的云庄待了一辈子。我始终不知道为什么。

在一个微雨的清晨，我还是瞒着父亲跟着一身风光的凯子闯世界去了，只留下一张皱巴巴的小纸条给他。

在光怪陆离的城市森林里，我跟着凯子在一家破旧的工厂里，每天机械地忙碌着。当我的手空闲下来，脑海里也一片空白。此刻，我就想起父亲以及整个云庄那一双双不曾停止过忙碌的手。他们的手上布满土地的皱纹，却满脸微笑。

几年后，当我满身疲惫匆匆赶回家时，父亲一身的骨头透过冰凉的皮肤就这样暴露在我眼前。

父亲仿佛使足了全身的力气紧握我的手说："我知道你迟早会回来的，还有他们，迟早会回来的。"

父亲说："山上还有你们的一棵树啊，你们怎么会不回来呢。"

那是父亲的最后一句话。

次日我便匆匆上山砍树去了。爬上山，徘徊在满地的树叶与新树苗之间，我却四处寻觅不到属于父亲的那棵树。当我茫然四顾，来到属于母亲的那棵树下，看着它枝繁叶茂的模样时，心却不禁微微颤动了一下。

我终于知道这棵树是属于父亲的。那是他们共有的。

在黄昏最后一抹光线的映照下，我缓缓朝山下走去。转身，我看见身后的那片森林笼罩在黄昏的那抹光亮里。

耳旁的山风依然呼啸着，风拔不动那些树，只能轻抚，它们的根深扎在泥土里，缠绕着整个云庄。

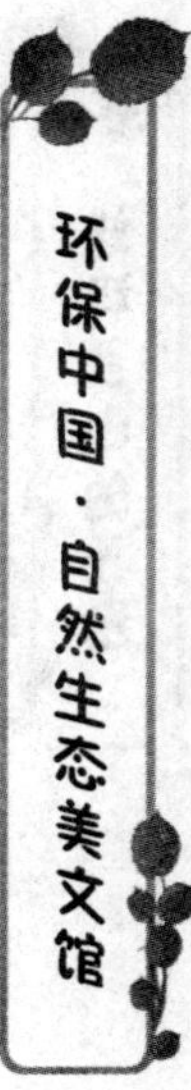

种树的女人

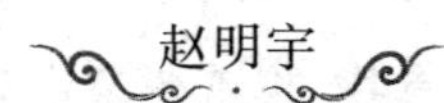
赵明宇

女人的性子犟，非要嫁给毛乌素沙漠边缘的男人。

出嫁那一天，婚车沿着曲曲折折的小路，从日出走到日落。女人一下婚车就惊呆了，旷野上只有一座低矮的土房子，环顾四周，茫茫沙海，满目苍黄，摇曳着稀稀疏疏的几棵蒿草。这就是自己的家吗？女人的心一紧，脑海里比眼前的沙漠还要空旷。

院里有一头猪，一群羊，打量着陌生的新主人。

晚上睡觉的时候，男人把一把铁锨放在门后。女人疑惑地望着男人，男人没说话，送给女人一个神秘的微笑。

夜里刮起了大风，风卷起沙漠，魔鬼一样呼啸，像鬼哭，像狼嗥。女人没有见过鬼，也没有见过狼，再也想不出比鬼和狼还要残酷的形容词。女人用被子蒙上了头，铁了心，熬到天亮，要逃离这个地方。

天亮了，风也停了。女人去开门，吓一跳，门被沙子堵上了，像是被埋进了地窖。男人不急，拿起铁锨一阵忙活，挖洞一样，把门挖开了。女人到院里一看，院里变了模样，矗起一个小山一样的沙丘。

天啊，这还是昨天看到的那个家？屋后的沙子堆积，和房檐一样高，猪踩着沙子，上到了房顶上。

女人哭了："这鬼地方，咋过啊。"

男人说："你后悔了，还来得及，现在就可以走。"

女人看男人一眼，犟劲儿又在血液里蹿起来。女人说："我要和沙漠较量。"

男人被吓了一跳。男人说："祖祖辈辈都是这样过来的，你还想咋？"

女人说："种树。"

男人说："沙漠里面种树，你疯了吧？"

女人真的疯了，把猪卖掉了，又卖了几只羊，换回一捆捆松树苗。女人找一辆架子车，带上水和吃的食物，拉着树苗走向沙漠深处。

男人来帮她，搭起小帐篷，挖一个坑，又挖一个坑，把树苗的根部装到塑料袋里面，浇水，然后填土，踩实了。

夜里下大雨，女人想，树苗该成活了。一阵大风，刮得帐篷像断线的风筝一样，上天了。雷电一闪，女人抱紧了男人的肩膀，瑟瑟发抖，像一只受惊的羔羊，任凭雨水冲刷。

刚栽下的树苗被雨水冲走了，她被淋病了，欲哭无泪，发誓说再也不种树了。

向家走，脚下一蓬绿色。

女人问男人："这是啥？"

男人说："是沙柳，沙漠里的柳树，三年砍一次，把根留下，来年长得更壮。"

她是看不起柳树的，家乡的柳树柔柔曼曼，像个娇气的女人，而沙漠里的柳树却是越挫越勇，如此的顽强，让她肃然起敬。

她转过身又向沙漠里走，男人在后面跟，喊着她的名字。她不回头，把被雨水冲走的树苗捡回来，重新栽好。

女人回娘家借了一笔钱，全买成树苗栽进沙漠里。树苗发芽了，绿色的小脑袋在风中摇晃着。女人笑了，把家安到了沙漠深处，承包了三千亩沙漠。

女人到城里找朋友贷款。

朋友说:“你疯了?把钱扔到沙漠里,会血本无归的。”

女人说:“我才不疯呢,我这一辈子不能让沙漠折磨死。”

女人白白嫩嫩的皮肤被风沙打磨得粗粗糙糙,手掌像树皮。她的房子已被浓荫簇拥,屋前有池塘,养着一群鸡、一群鸭,屋后是郁郁葱葱的苗木基地。

她还鼓励别人种树,一片绿和一片绿连接起来,绿色在一点点延伸。

记者来到内蒙古鄂尔多斯市乌审旗,采访治沙英雄殷玉珍的时候,问她栽了多少树,这个黑黑瘦瘦的农家女人指指身后的森林,憨厚地笑着说:“数不清了,也没有数过。”

鸟人鹿三

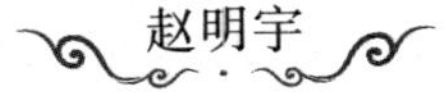
赵明宇

天麻麻亮，正是捕鸟的黄金时刻，鹿三带上粘网去西河湾。

西河湾是卫河边的一片开阔地。每年春天或者秋天，百灵、画眉、鹌鹑、云雀，唧唧喳喳，真是一个鸟世界。

鹿三捕鸟有一绝，先布下粘网，然后学鸟叫，引得鸟儿过来。鹿三捕鸟跟别的捕鸟人不一样：鹿三捕了鸟从不去元城的鸟市卖，而是自己玩，玩几天就放了。他把鸟带回家。家里没有鸟笼，有鸟笼就不是他鹿三了。鹿三在屋里随便竖一根筷子，鸟儿就栖落在筷子上。驯几天，鸟儿就落在鹿三肩上了。

白天，鹿三带着鸟儿走在元城大街上，身后跟着一伙人瞧稀罕。鹿三要放飞鸟儿时，有个爱鸟的老汉来讨要，鹿三不给。老汉说："我不白要，多少钱随你开口。"

鹿三背着胳膊，眼睛朝天，把脸仰得老高。老汉哼一声，气咻咻地走了。

也有人想捉住鹿三放掉的鸟儿，可就是捉不住。鹿三竖根筷子，鸟儿就落。你放根金条，鸟儿也不看一眼。怪了！

元城人都管鹿三叫鸟人。

有一次，鹿三捉到一只受伤的鸟儿，脚上缠着一根红丝线，嵌入脚趾，肿胀了。鹿三小心翼翼地为鸟儿做手术。还有一次遇到一只无精打采的鸟

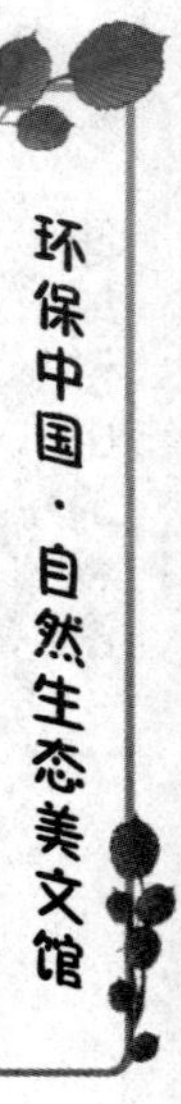

儿，鹿三就知道鸟儿吃了喷过农药的谷穗。鹿三用剪刀剪开那鸟儿的嗉子，用肥皂水洗净，然后拿针线缝合，喂了一些小米蒸鸡蛋。第二天，鸟儿扑棱棱飞走了。

这几年，农田里有了农药，鸟儿越来越少，也就显得金贵。鹿三发誓不再捉鸟。门前那棵老槐树上却落满了鸟儿，鹿三打个呼哨，一片欢叫，翩翩起飞。鹿三取稻谷撒在门前的空地上让鸟儿来觅食。有时候，鹿三还要去河堤的草丛里捉活虫子喂鸟儿。

儿子在县城是建设局长，一直想让老爷子去县城享清福。鹿三知道儿子权力大，平时得罪了不少人，事又多，所以他说离不开他的鸟儿。儿子说县城有鸟市，鸟儿多的是，他闲着没事可以去看看。

拗不过儿子，鹿三到了县城。周末，儿子陪他逛鸟市，鸟儿瞪着圆圆的小眼睛看鹿三。鹿三心疼得不行，掏钱买几只，出鸟市就放飞了。

有一天，儿子儿媳上班走了，有人敲门。鹿三开门一看，是个西装革履的小伙子。小伙子一口一声“大爷”喊着，手里提着一个精致的鸟笼，说自己是鹿局长的朋友，知道大爷喜欢鸟儿，把这只红嘴子送给大爷。

这鸟儿一身黄毛，缎子一般，胸脯上一撮儿靛青，长长的嘴却是红色的。鹿三捕了半辈子鸟儿，也没见过这么漂亮的红嘴子。

鹿三摇头说：“你这是行贿吧？”

小伙子笑了，说：“大爷真幽默。我也喜欢鸟，咱还是‘鸟友’呢。听说您是驯鸟的高手，您帮我驯几天总行吧。”

“这样啊。”鹿三接了鸟笼，让小伙子屋里坐坐。

小伙子说：“谢谢，大爷您忙。”转身走了。

红嘴子不仅长得漂亮，而且会模仿各种声音。鹿三来了兴致，逗起鸟来了，一上午就驯得红嘴子和他成了朋友。鹿三还想着第二天教红嘴子唱歌呢。

儿子下班，鹿三兴致勃勃地跟儿子说起小伙子送鸟的事情。

儿子惊讶地从沙发上弹跳起来，说：“把鸟儿拿来我看看。”

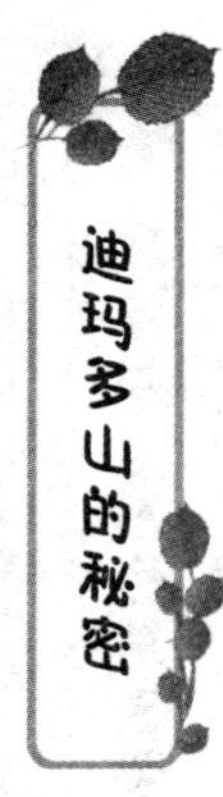

鹿三不知道咋回事，打个呼哨，红嘴子飞过来，落在鹿三肩上。儿子抓过鸟儿，大睁着眼睛，用嘴向鸟儿身上吹气，把羽毛吹开，从翅膀下取出一个黑色的纽扣。

儿子铁青着脸，盯着那金属玩意儿看了半天，一咬牙就举鸟儿要摔下去。

鹿三心疼得要命，一把抢过鸟来放飞了，说："你跟鸟儿治啥气？"

第二天鹿三急着回老家，临走还生气地说，再也不到城里来住了。

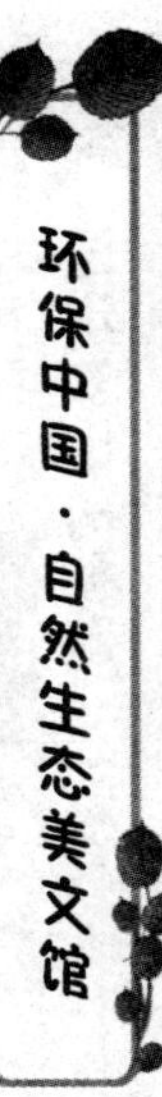

一只食素的狼

陈树茂

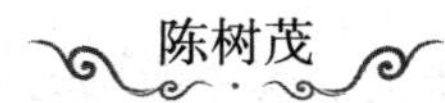

它是一只食素的狼。

它已经忘记最后一次食肉在何时了。那片森林越来越小,它和父母被迫远离家园。在迁移途中,它亲眼目睹了父母寻找食物时,在村口被村民围攻活活打死的惨状。当时,它还小,只有几个月大,它忍泪发誓,要当一只最强壮的狼。

它需要长大,需要食物。

它记得,父母曾告诉它:"孩子,你是一只狼!"

它失去父母,失去同伴,它还没学会怎样去捕猎食物。森林的动物们纷纷搬迁,留在附近的只是少数,它是其中一只。

它记得父母曾带回一只山鸡给它当晚餐,好像还有野兔。它在林里找了整整一天,也没遇到山鸡、野兔,其实就算遇到,它也不知怎样捕捉。它饿坏了,好不容易才在草丛找到一块吃剩的骨头。

它真的太饿了,连走路都觉得不稳了。在山头,它看到村那边有一群牛在吃草。它开心极了,原来草是可以吃的。它尝试着吃第一口青草,苦苦涩涩的,那么难吃,难怪父母没有让它吃草。

它仍然在寻找心爱的山鸡,肚子饿时,它会吃几口苦涩的青草。有一次,它偷偷靠近山村,看到了盼望已久的鸡,它刚想扑过去,就听到有人在大

喊:“狼来偷鸡啦!”

它回头一望,一帮村民手持棍子向它围攻过来。它记得,打死父母的也是这帮村民——母亲叼着一只鸡被围攻,父亲为了救母亲也被围攻。它要生存,还要当一只最强壮的狼。它使尽全身力量,头也不回地逃离山村。

第二天,村民开始围攻林子,它只能继续逃离。它实在找不到一块肉,运气好时,会在草丛里找到一点残余的骨头,它只能继续尝试吃青草和野果。

时间一天天过。要不是它那天喝水时,在河水里看到自己的模样,真的不敢相信自己已经长大。它很瘦,几乎是皮包骨头,父母的模样已经开始慢慢模糊,但它还记得,它是一只狼。

一天,它肚子太饿了。在路边,看到一只鸡,刚想扑过去,没想到,旁边有人拿着一根大棍横扫过来,它还来不及躲闪,后腿就被狠狠打中一棍。它急忙跑开,远远地还听到那人在骂:“死狗,想偷吃我的鸡!”

它真想过去告诉他:“我是一只狼。”

它奇怪地发现,走在路边,村民没有追赶它,看门狗也不再吠它。一次,天寒地冻,它在路边冻晕了,被一村民抱回家。它醒来后,村民给它一根骨头,它扑过去咬住,但一刹那,感觉骨头的味道怎么那么难吃。它发现旁边有一堆草,猛地扑过去吃起来,感觉是那么可口!

村民惊叹:“这只流浪狗真奇怪,怎么不吃骨头,吃青草的?”

它默默流下两行泪水,真想说:“我是一只狼!”

村民收留了它,让它看家,但它从不吃骨头。村民给它取了一个好听的名字——毛毛,每天给它洗澡,给它吃青草和野果。它很勤快,通宵看门,有几次狼来偷鸡都是它第一时间通知主人的。村民经常在外人面前夸它:“我家毛毛看家可厉害呢!”

要不是那几个陌生人的到来,食素毛毛的故事到此,也该美满结束了。

那晚,有三个陌生人光顾村民的小卖部,买了食物不给钱,村民和他们理论还被打得半死。毛毛咬断拴它的绳子,扑倒了两人,还把一个的手掌活

生生咬下来。但毛毛也被他们捅了几刀,倒在血泊中。警察来了,抓了那三人,后来警方证实那三人是全国通缉犯。

毛毛被送到兽医那里抢救,没多久就断气了。

兽医惊讶地问:“怎么养了一只狼?”

十几天后,警方给村民送来一面锦旗,上面写着“破案神犬”。

伤离别

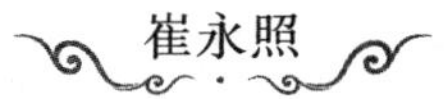
崔永照

残阳如血，我在血色的黄昏中颤抖。我终于明白，自己病了，很重，饥渴就是病根儿！

这里曾经是一片茂密的森林。解放初期，政府发动工厂、机关、学校和村民植树造林，半个多世纪过去了，我们的树家族茁壮成长，挡住了风沙，保护了土层。山下猫儿河的水，总是青青的，绿绿的，灌肥了两岸的庄稼，养育着一方百姓。不久，我们的林子里，来了许多山鸡、野兔、猴子、小鹿……他们安家落户，唱歌跳舞，是我们家族最好的邻居和朋友。

那一天，我站在山巅，亲眼看见山下河东村那个支部书记大愣子，带着一拨城里打扮的人，扛着仪器，背着肩包，一溜十几个人，来到我们家族的腹地。他们东瞧西看，又测又量。等离开我们家族的时候，大愣子疯得没个人形，吆喝着："乌金，统统都是乌金，河东村发财哩！"

没过几天，大愣子带着村民，拿着斧头锯子，一拥而上，来到我们家族。斧子砍，锯子锯，没用一个月，我的子子孙孙，硕大的尸体躺遍山坡。这时候我才知道，我们家族的土壤里藏着很多很多的煤。他们要砍杀我们家族，凿洞采煤，发财致富。面对倒下的子子孙孙，我怒目相向，却无计可施。

藏煤的土层并不深，丈半下去就见煤矸石，接着就露天挖到乌金。大愣子喜得山上山下嗷嗷叫，指挥着汽车拖拉机拉煤进城。八位数九位数的钞

票，不断流进账，惊得他俩眼瞪得老大，不住摸着后脖颈，好像不相信自己的耳朵和眼睛！他晚上做梦都在笑，见人就说："天上掉馅饼，不吃白不吃！吃吃吃，发发发，越吃越发！"

几年的工夫，河东村富得流油，村民们都盖上了两层三层的小洋楼，大愣子也坐上了宝马，还当上了政协委员。

十里八村眼红了，一哄而上。山是大家的山，煤是大家的煤，光兴你河东村大愣子发财？

我们的家族从此遭了殃，几乎被斩尽杀绝！我立在山巅，侥幸逃过一劫。

我的身子倾斜了，硕大的树冠悬在山巅的峭壁上。我担心有一天风雨交加，我就会被连根拔起，摔到万丈峭崖下，粉身碎骨。那样倒也舒心，和子孙们到另一个世界团聚，也许会生发枝叶更加繁茂的绿色森林。我们会有山鸡、野兔、猴子、小鹿这些新的朋友和邻居，会有新的猫儿河给我们日夜唱歌……

我觉着我是在做梦，那一准是回光返照。我睁开眼睛，眼前依然是烟尘漫漫，赤野一片。忽而爆炸声又起，那是又涌上山来的采煤新军，爆炸凿洞。我黯然叹息，呼吸一口浑浊的空气。

一只小野兔不知啥时候跑到我的跟前。我心里充满久别的欢喜。我想说话，已经没有力气了，只能眼巴巴地瞅着它。这是老野兔的孙子，它看着我有些吃惊，说："松树公公，你病了？"我没力气说话，只好点点头。小野兔又说："爷爷不放心你孤零零在这儿，打发我来看你。"我想起了老朋友老邻居，眼睛湿润了，可是淌不出眼泪，皮层和木质都已经输不出这样的水分了。这当口，爆炸声起，煤矸石飞上天空，又铺天盖地落下。我看得清清亮亮，一块煤矸石砸在小野兔的身上，它惨叫一声，不动了。殷红的鲜血流淌出来，融进了残阳的血色中……

我担心的事情终于发生了。那一天，暴风雨不期而至，连下三天三夜。晚上，大山里一片黑暗，只有暴风雨肆虐。突然一声天塌地陷的轰响，山体

崩塌，泥石流伴着狮吼虎啸的洪水，漫过这个世界！房屋村庄没了，机器工厂没了，人没了，物没了，世界没了，统统变成一片汪洋！我挣扎在山巅峭壁，亲眼看着大愣子和他河东村的小洋楼，以及他的露天乌金矿、宝马车，被大水一应吞噬……

又是一声巨响，山体滑坡。我抖颤一下身子，知道生命走到尽头，忙不迭回首望了一眼这片熟悉的古老土地，带着无限的眷恋，跌下峭崖……

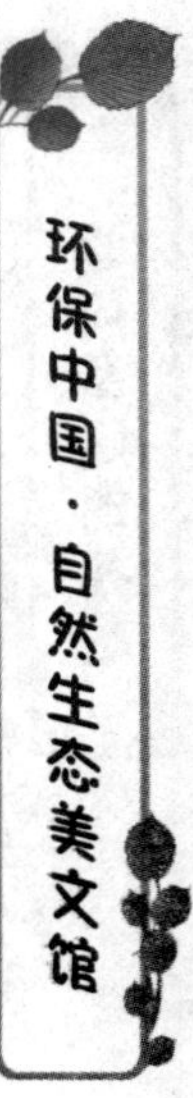

明天

崔永照

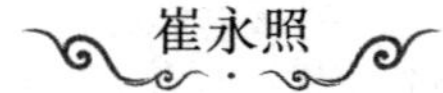

站在这高高的山顶上，望着炊烟袅袅的村庄，心里说不出是一股啥滋味儿。生在这个小山村，长在这个小山村，一草一木都揪着俺的心，都叫俺想起许许多多往事。

起风了，阵阵山风似天然空调，在这流火七月，俺一点儿也感觉不到燥热。想想城里人，在那钢筋水泥垒成的狭小空间里蜗居着，哪能享受到这大自然的无私馈赠？这又叫俺感到一种前所未有的骄傲。

说来您不信，俺们这个小山村，是个连乌鸦都不想落脚的地方。村子距乡政府所在地有三十公里，村民靠一条不足两米宽的土路往返，晴天一身灰，雨天两腿泥，过着肩挑背扛的原始生活。没有增收门路，多数村民靠外出打工赚钱，在贫困线下艰难地挣扎。也难怪，您说这山大沟深，交通不畅，信息不灵，电话不通，咋能发展？群众思想观念能不落后吗？

“交通靠走，通讯靠吼，照明靠油，治安靠狗，取暖靠抖。姑娘嫁出山，小伙儿招出山，留得青山无限好，只见大哥不见嫂。”这是那时候的顺口溜，俺没瞎说一个字儿，真实地反映了那时的状况。父老乡亲几辈子没转出这个小山村，数落起来叫俺心好酸啊！

俺是地地道道的山里娃，生俺养俺的这个小山村叫夹里沟，所以俺对家乡的山山水水有着特殊的感情。别看俺在这山窝窝里长大，可还算村里一

个大能人哩。俺上县城开过服装店，挣过一大笔钱。有了钱就有了胆，干吗去？出去闯闯，长长父老乡亲几辈子都没长过的见识呗！俺到湖南、江西、海南好多个省转悠过，知道改革开放以来，咱国家喜事连连，各种稀罕事儿也是层出不穷。就说这生态旅游吧，那可是当前人们最喜欢的休闲项目，是一项朝阳产业。您瞅瞅俺夹里沟周遭的奇山秀峰、飞瀑流泉、古藤老树、山花绿草……乖乖呀，那个美、那个俏，一准儿能吸引住游客的眼球，就凭这美景，俺村这不是捧着金碗要饭吃吗？

那年春天，准确说是个春回大地、山花烂漫的季节，村委举行换届选举，俺当选了夹里沟村委会主任。大家都说这是个芝麻绿豆官，可这大小也是个“官”呀，大家伙儿信任俺，推选俺当村委会主任，俺就得想法子让村民过上富裕日子啊！于是俺开始把琢磨了好多年的计划付诸实施，下决心把夹里沟开发成一个生态旅游景区。

俺骑着自己那辆破雅马哈上乡里，跑县里，奔走申报，夹里沟的看点和卖点终于引起了县乡领导的重视，决定以招商引资的方式进行开发。就在那年冬天，修景区公路的第一声炮响，至今还在俺的耳边萦绕，几多憧憬，几多希望。

开发景区时困难重重，淳朴善良的村民们争先恐后贡献力量，似盛夏的热浪一浪高过一浪。最令俺难忘的莫过于年届八旬的王老汉，他得知资金短缺，把自己准备做棺材的木板卖了，当他把钱递给俺的刹那间，俺半天说不出一句话，紧紧拉住他的手，泪水哗哗地流，咋也管不住。

俺这个人干啥事儿踏实，用流行时髦点的话叫什么来着？对，是身先士卒。修进山公路时，正值初冬，俺和村民们一道挽起裤腿，跳进冰冷的水中搬石垒堰。现在想想，俺都不知该咋感谢那块石头。您觉得俺说的话离谱儿？没有啊，听了您就明白了。那天一块滑落的石头砸在俺的脚趾头上，趾甲脱落，鲜血直流。大伙儿都劝俺回家歇歇，俺却用布条包住伤口，又一瘸一拐奔忙在施工现场。就这事儿，打动了俺村走出的唯一一个女秀才，也是村花——在县城教书的阿霞。她周末回家看望父母，碰巧见了当时的一幕，就毫不犹豫用爱的神箭射中了俺。洞房花烛夜,她眨巴着水灵灵的大眼睛,娇嗔地对俺说,当初就是看上了俺为创业付出的一腔真诚,才以身相许。婚后,阿霞教俺学习公共礼仪、公共关系学、市场营销学、外语、电脑,可提高了俺的整体素质。

那年国庆节,火热的节日气氛异常浓烈,经过两年开发的夹里沟风景区和农家乐宾馆就在这个特殊的日子对游人开放了。一拨又一拨的游客前来旅游消费,渐渐,村民们的腰包一个个都鼓起来了,日子也过得殷实了。因为听的见的事多了,他们衣着打扮也随着鲜亮了,说话文明了,邻里团结了。加上俺村还执行政府推行的新农村建设、"两免一补"、新农村合作医疗等好政策,使村容村貌大变样,村民们子女上学、生产生活、身体健康也都有了保障。俺还给村民讲道德法治,教文明礼仪,使俺村成了名副其实、文明和谐的新农村。俺也成了乡里、县上的名人了。县上、市里来了好些新闻记者,背着大大小小的照相机、摄像机,对着俺拍来拍去,俺还对着一个漂亮女记者手里拿着的话筒说了夹里沟的今昔巨变。晚上打开电视一看,嘿,俺上电视的形象也不赖,活像个大人物哩!当然,俺心里还是明镜似的,这村委主任在全国一撸一大把,俺实在不算哪棵葱,主要还是靠勤劳的乡亲们。

后来,夹里沟又争创上了国家"AAAA"级景区,名气更大了,更多的游人扯成了串儿。好家伙,还吸引来了不少黄头发、蓝眼睛的外国人,他们一进景区就满口的"OK""Very Good"。又是拍又是照,像发现了世外桃源似的。

晚霞淡去,夜幕徐徐降临。俺该回去了,全家人都等着俺呢,说再忙今晚也要吃个团圆饭,从不喝酒的老爹还说陪俺喝两盅。可俺这心里却有点隐隐作痛,两腿跟灌了铅似的迈不开步,不争气的泪水又奔涌而下了。因为,明天俺就要离开这个生俺养俺,又在这里打拼了好多年的夹里沟,走马上任县旅游局副局长了。您问为啥?县委公开选拔农村干部,俺考中啦!

公豺黑背

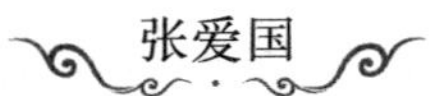

张爱国

从林里，春意正浓。

河里，流水“哗哗”，溅腾起一朵朵雪白的浪花。公豺黑背蹲坐河岸，面前，它的三只幼崽在阳光下毫无章法地嬉闹。小家伙们时而卿卿我我，时而相互追逐，时而两个打一个或三个打作一团。打得凶了，黑背就跑上去拱开它们，再一番张牙舞爪，嘀嘀咕咕——它在告诫它们不可忘却手足之情。小家伙们却毫不理睬，蹿上去撕咬黑背。黑背作势要跑，小家伙们紧跟而上。黑背就势一滚，小家伙们于是骨碌碌跌滚一团……

母豺回来了，小家伙们立即放开父亲，奔向母亲和它带回的食物。微风煦日，黑背眯缝着眼，看着狼吞虎咽的孩子们，似乎比它们更加受用。

忽然，几声变味的豺叫声传来，黑背触电般跃起。对岸，一只豺，毛发肮脏凌乱，头脸处伤痕累累，血迹遍布，一边向着这边狂叫，一边又急躁而凶狠地抓搔着自己的头脸——这是一只患了狂犬病的豺。狂犬病是一种能将犬科动物成种群地灭绝的严重传染病。再健康的豺，只要碰到病豺舔过的草木、喝过的河水、走过的路，就会被感染。任何豺，一旦染病，就会凶残地进攻一切动物，哪怕自己的同伴和幼崽，直至体力耗尽，痛苦死去。

母豺也发现了病豺，立即跑向黑背。黑背赶紧调头吼向母豺，仿佛在警告它不要靠近。母豺不听，与黑背并排着向对岸的病豺吼叫。三只幼崽不知道发生了什么，也走过来。黑背飞一般奔过去，挡住它们的路。幼崽们误以为父亲又要与它们做游戏，一哄而上，咬着黑背的耳朵、尾巴和腿脚，在地上翻滚。黑背大叫着，头拱腿踢，将幼崽们赶向丛林。

黑背又急忙跑回河边，正要将母豺驱向幼崽时，对岸的病豺却要下河渡向这边。母豺大叫着就要下河阻止，黑背却粗暴地阻止着它。母豺不从，反要将黑背驱向幼崽……

或许是“哗哗”的河水将理智尚未完全泯灭的病豺吓住了吧，它并没有下河，而是继续站在岸上向这边狂叫。黑背和母豺还在僵持着，它们谁也不愿离开这个危险的地方。三只幼崽似乎感觉到了异样，胆怯地走来，簇拥着它们的母亲，恐惧地叫着。

黑背伸出舌头，一个个舔过幼崽们的身体，又用头抵了抵母豺的头，“咕噜噜”叫着——难道它已做好了赴死的准备而在向妻儿做最后的交代和告别吗？

那边，病豺又一番凶暴地抓搔自己的头脸后，猛然蹿进河里。母豺一看，就要推开幼崽冲上去，可黑背已早于它跳下了河。

黑背拼命地扑向疯狂游蹿而来的病豺——本能告诉它，病豺每离它的妻儿近一步，妻儿就多一份危险。两只豺在河中央相遇，病豺虽然毫无理智、异常凶残，但毕竟体力消耗殆尽，很快便被黑背骑在身上，摁进水里……

好一会儿，病豺死了，黑背放开它，来不及喘息就急切地向岸边游去。岸上，母豺和幼崽们已站成一排，仿佛在迎接凯旋的英雄。

就要游到岸边了，黑背却突然停住，身子随之剧烈地颤抖起来。母豺赶紧伸出一只前腿去接应它，它却一边低头大叫一边快速后退。退到河中央，黑背停下来，目光扫过岸上的一个个幼崽和母豺，又发出几声沉闷而凄凉的叫声，转头向对岸游去。

隔河相望，黑背紧盯着它的幼崽，又不停地向母豺叫着。很多次，母豺都要跳下河，但都被它撕心裂肺的嚎叫阻止。一天，两天，黑背的嗓子嘶哑了。

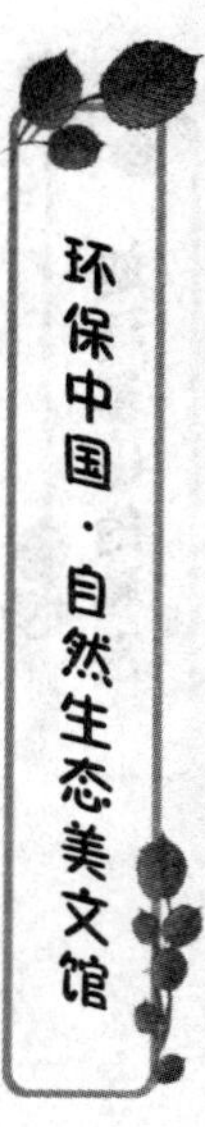

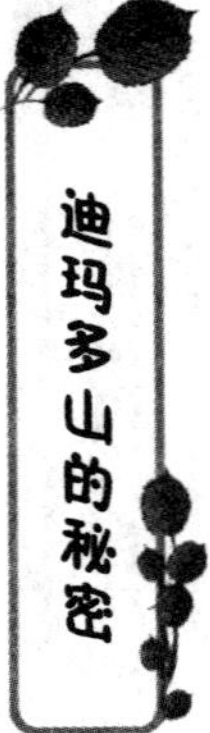

第三天傍晚，在黑背几乎用尽所有力气一声狂吼后，母豺带着幼崽们一步三回头地离开了河岸，向着丛林深处走去。

第四天早晨，当太阳升起的时候，黑背一改这几天的愁容和颓相，突然兴奋起来。一阵疯跑后，黑背焦躁地抓搔起自己的头脸，头脸上立即血肉模糊——黑背染上了狂犬病！

黑背跳进河里，蹿上对岸，不论是大象、狮子、野牛还是它的同类，它都疯狂地蹿上去撕咬——它的身上很快又多出了其他动物留给它的伤痕。它还不时地撞向一棵棵树，昏厥后苏醒，苏醒了再胡乱地撕啃树皮……

太阳偏西的时候，黑背撞向一棵树后再没有醒来，它再也听不到它的妻儿们正在远离它的安全地带凄凉地呼唤它。

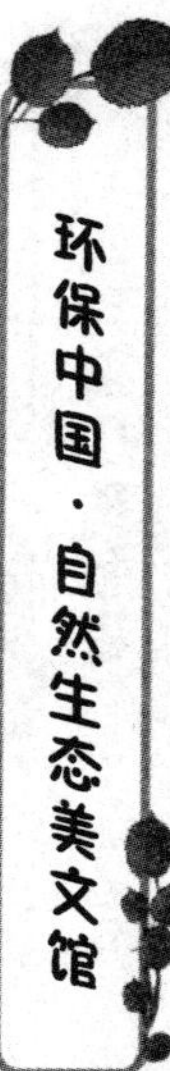

狼王之死

张爱国

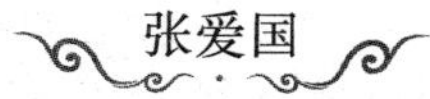

太阳像火一样在草原上燃烧。

只剩下五个成员的狼群才走出四五百米，就不得不又回到那条几近干涸的河里，喝水，浸泡。但很快，饥饿又将它们赶上了岸。

这个旱季太长太残酷，别说角马、瞪羚，就连一只兔子、老鼠也多日不见踪影了。

群狼夹着纸一般的肚皮，踉跄着，踟蹰着，张望着，再没了往日的凛凛威风。四下一片死寂，连一片草叶的颤动也没有。

半小时后，群狼走出了两三百米，狼王轻叫一声，提醒伙伴："不能再走了，快回河里吧。"然而就在它们转身往回走时，狼王又一声叫，极低，却惊喜。与此同时，所有的狼也仿佛捕到了什么信息，几乎同时伏下身，睁圆眼，向同一方向看去——食物的讯息宛若一针兴奋剂，使它们立即与刚才判若两样。

前方二三十米处，一只瘦弱的瞪羚正向这边蹒跚地走来——饥渴、疲乏似乎让它神志不清，它只感知到不远处的前方有水，却完全疏忽了咫尺的前方有猎食者。

在狼王的指挥下，群狼匍匐着，呈扇形散开。

瞪羚终于发现了危险，一声惊叫，掉头就跑。群狼也一声嗷叫，跃起追

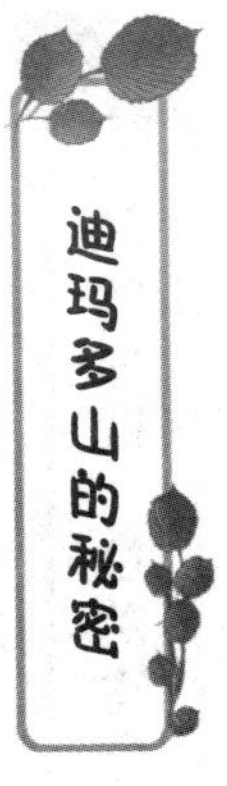

赶。瞪羚是草原的奔跑冠军，可狼的速度也总是猎物们的噩梦。逃生的欲望让瞪羚一扫刚才的颓相，求生的欲望让狼宛如有了神助之力……

瞬间，草原活了。

狼是著名的毅力主义者，不达目的绝不罢休——十几分钟后，瞪羚倒下了。

狼又是凶残主义者，不待瞪羚闭上眼，就撕开了它的皮肉。

太阳比狼更凶残，不仅早将群狼身上的泥水烤干，而且眼看又要将它们的皮毛燃着。群狼才各自撕下一块肉，狼王就一声叫，于是它们丢下瞪羚，边吞吃叼着的肉边向河边走去——狼还是明智的，知道此时不能恋食，否则即使能吃饱，也会热死在这里。

一群兀鹫，至少二十只，不知何时也得到了食讯，已虎视眈眈地立在一旁。群狼刚离开，兀鹫们就迫不及待围上来，尖利的喙猛啄瞪羚肉，再狼吞虎咽。群狼急忙回过头，驱赶兀鹫——这些肉根本就不够填饱它们的肚子，哪还能让别人分享？兀鹫闪开。群狼再次要离开，可还没走出几步，兀鹫又冲来……

如此几次，群狼受不住了。刚才追杀瞪羚几乎耗尽了它们所有的力气，更使它们的体温达到极限，现在刻不容缓的问题是到水里降体温。但它们还是做了最后一次努力：咬住瞪羚的四肢，向河边拖去，可还没拖出几步就放弃了——它们筋疲力尽了。

难道真的要放弃这个种族赖以延续的唯一希望吗？

群狼你看看我，我看看你，又看了看面前的兀鹫和食物。

太阳正歇斯底里地爆发着。它们再不能耗下去了。

狼王扫过一个个伙伴，发出几声低沉的叫，然后慢慢走到瞪羚旁边。伙伴们不动，只报以一声叫。狼王怒目而视，再一声大叫。伙伴们终于向河边走去——这是狼王的命令。

现在，只剩下狼王了。兀鹫们又一次冲上来——它们仿佛觉得自己能够对付这只狼。伙伴们赶紧驻足，回头观望。狼王又一声叫，伙伴们只得继

续向河边走去。狼王站到瞪羚身上,直视着面前的一只只兀鹫。兀鹫们“呱呱”叫着,无法得嘴。

兀鹫们不放弃,轮流上阵——它们分成两队,一队飞去喝水,另一队继续纠缠着狼王……它们要拖垮狼王。

狼王仿佛明白了兀鹫们的险恶用心,更明白自己终将不是它们的对手,竟咬住瞪羚的脖子要叼走,可还没走出一步,四肢就一阵战栗,“噗”地栽倒。几次努力后,它又站了起来,咬住瞪羚的一条后腿想拖走,可还是失败了。它再咬,再拖,再失败……终于,“咚”一声,倒在瞪羚身上,不动了。

好一会儿,兀鹫们才意识到又多了一道美食,可就在它们一哄而上时,狼王的伙伴们回来了——它们的体力明显恢复了不少。

——用自己的生命,狼王换得了种族的延续。

鸟语

吴卫华

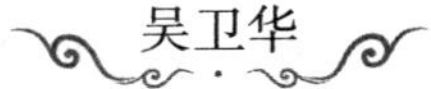

在乡下的田野上,有一种体态硕大近于家鸡的大鸟,乡人叫作野鸡。公的翎长羽艳,母的尾短斑灰。它们数量不多,或三两一伙儿,或形单影只。它们能飞却飞不远,飞时弄出扑啦啦的声响,老远就能听到。公的在空中长尾摇曳,很是好看。春和景明,田野上那些美丽而又形单影只的公野鸡,往往站在青郁郁的坟包上,振翅而鸣,声音洪亮短促:“关关、关关……”荡在田畔地头的母野鸡,看见人来,不是立时飞开,而是移动着它肥肥的身体,急匆匆地钻进麦田里。看着它钻在那儿了,却怎么也找不着。

麦熟时节,鸟的语言明显多起来,尤其在清晨,村子里一片鸟声,它们仿佛自说自话,又像互相应答:

“光棍打醋。”

“肚饥,没头逃。”

“在人家不如自家安住。”

“啊。”

“渣滓,渣滓,渣。”

“你你,嘻嘻。”

…………

其实,鸟叫并不自清晨开始,从子夜时分猫头鹰那阴冷的“咕咕喵”,或

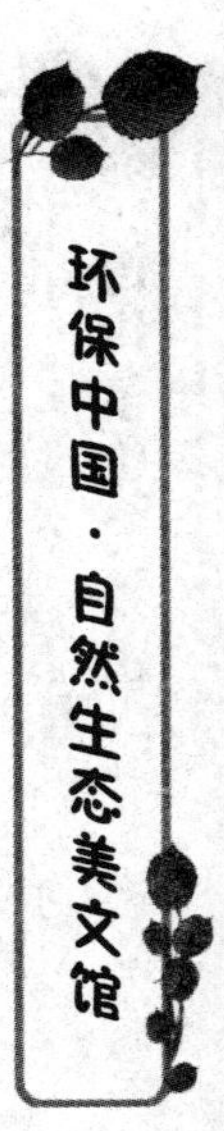

突然神经质般爆发出的“哈哈”大笑，到后半夜四点左右，也不知什么鸟像在嘲讽什么似的站在树上“渣滓、渣滓、渣”地厉声大叫，及稍后的布谷鸟，由远及近，再自近去远地在村庄上空巡飞着，殷勤劝告人们“快快布谷、快快布谷”。我们这儿把布谷鸟叫作“光棍打醋”，因为它的叫声近似“光棍打醋”。这鸟有很强的季节性，收麦前后叫，其他时候鲜闻其声。白天，孩子们听到它叫，往往会跟着它喊，去应和它的老歌谣：“光棍打醋，你在哪住？西北柳树。吃的啥饭？面条浇醋。”

黎明前那段短暂的时间，是歌喉婉转的“没头逃”的演唱时间，它像一个落难的女子，在某一棵枝繁叶密的大树里，滴滴溜溜婉婉转转地诉说着生活的艰难：“肚饥，没头逃，没头逃。”它没完没了地诉说着世事的艰难，就有同情它的鸟儿，用沙哑的声音，一连发出几个近似三声的“啊”，以示悲悯它的不幸，但一个更婉转的声音给出它一句大实话：“在人家不如自家安住。”……

东方现出了鱼肚白，有着一身艳丽羽毛的公鸡，忠于职守地开始了打鸣，它挺胸昂首地宣布：“根根儿——各位，天亮了！”

体态丰盈的麻雀，纷纷落在村庄人家的院子里，寻觅可吃的东西，边吃边七嘴八舌地嚷嚷着：“饥、饥……”它们这些善于拉帮结派的小东西，连吃东西也不安分，不知因为什么大吵起来，一时哗啦啦地飞到树上，喳喳地互相对骂。

乡下的鸟类中，除了家养的鸽子，大概只有斑鸠既不怕人又闲适了。它的颈上有一圈细碎的珍珠纹饰，五色杂陈，在阳光下宛如一圈小镜子，能映出斑斓的光彩。无论房脊上，还是地畔庭院，它总是不慌不忙地踱着步子，对身边的事物很少发表意见，就算十分不满，也只是在喉咙里咕咕几声。不过它在求偶时，也会充分展示它的歌喉：“咕咕咕、咕咕咕……”叫得既执着又悠长。

谷雨

吴卫华

农历三月十五谷雨那天早饭后，谷爷扛着样式老旧的木耧，赶着老黄牛走出家门。

其实老黄牛用不着谷爷赶，它的缰绳随便缠了几圈搭在脖子上，背上驮着半袋谷种，慢吞吞地走在谷爷前面，倒像领着谷爷走。

谷爷也不嫌它慢，跟着它慢慢走，还不时和它说着话："老伙计，这个上午你要好好出把力，咱那块地全仗你了。"

老黄牛摇摇耳朵，轻轻哞一声，好像说："那就看我的吧。"

一人一牛走出村去。村头路边有棵合抱粗的泡桐，正是繁花满树，淡紫色的喇叭花一串一嘟噜地挂满枝头。田里稠密青绿的麦苗中，间或浓墨重彩地涂出一抹黄灿灿的油菜花。

老黄牛一看到田野，就抖擞起了精神，碎步小跑起来。

谷爷的长腿跟着它加快了摆速，耧在谷爷肩上稳稳地扛着，须发皆白的谷爷笑骂老黄牛："真是贱骨头，望见庄稼地就跑，这半年歇得你骨痒皮紧了吧。"

老黄牛斜穿过一片杨树林，走上右拐的田间小路。小路上野草夹畔，它低下头用阔嘴啃了一口水灵灵的野草，嚼嚼，青青的汁液立时浸濡了它的舌头和口腔，它被这鲜美的味道陶醉了，又来了一口。

畦中的麦苗也许更好吃些，它的嘴伸向麦苗，刚想偷吃一口，紧跟在它后面的谷爷拍拍它的屁股说话了："老伙计，那可不是你吃的。"

它的脸红了一下，谷爷没看到，但谷爷感觉到了。它不再啃咬野草，踩着有些松软的小路径直走到了谷爷的地头，站住。

谷爷的这块地是春地，自去年秋天谷子收割到家后，这块地就闲置在这儿。谷雨前几天下了一场雨，雨水把土地浸润得经得住脚踩却又绵绵软软。谷爷舍不得老黄牛干重活，老黄牛老了，哪还能干壮年光景的活。昨天，谷爷让儿子开着拖拉机把这块一亩大的春地犁了一遍，又细细耙平。

儿子还要给谷爷找辆播种车，谷爷说："不用不用，有我和老牛就行了。"

儿子说："牛都老得走不动了，也该卖了。"

谷爷生气地说："我也老了，你卖不卖？"

儿子啼笑皆非，不敢再说卖牛的话。

谷爷放下木耧，从牛背上卸下谷种，把牛套进耧杆里，再把谷种倒进耧斗。谷爷弯腰抓起一把田土在手里团团，土壤松软润湿，有着一股新鲜的土腥味。谷爷赞叹般说："好墒土！咱们开耧，驾。"

老黄牛听到谷爷的口令，立时低首奋蹄，顺着田畦不紧不慢不弯不扭地直走下去。谷爷摇耧，到了地头，谷爷吁一声，牛就站住。谷爷扯扯右边缰绳，牛就右转，听谷爷说驾，就又顺着田畦往回直走。老黄牛清清楚楚记得在它是头小牛犊时，总是把耧拉偏，身边就少不了谷爷的儿子牵着它走直线。它不知道自己拉了多少年耧，只知道自己慢慢变老了，闭着眼也能走好直线。以前它有使不完的蛮力，别说拉耧了，就是拉着大铁犁铧，也能冲冲地直跑，身后泥浪翻滚。现在它不急着跑了，把劲使匀了，慢悠悠地向前拉，并得闲欣赏着四周的景物。

地边种着一排大杨树，青白水润的树皮老让它想啃一口，这么些年来，它从没有试着啃一口，因为树身上那些长长的大眼睛总是警惕地看着它。它曾绕到树后，想躲过前面的眼睛，可树后也有，那些充满了警惕的大眼睛布满了树身，仿佛看穿了它的心思。杨树上挂满了胡子，虽然已经过了杨柳

絮儿无风自扬有风则漫天飞舞的时节，仍有些许杨絮儿黏附在杨胡子上，零星飘扬。一群体态丰盈的麻雀，在树上唧唧喳喳翘首乍翅地胡闹，它们是平原上最最常见的小无赖，善于拉帮结派，秋天在田间窃食，其他季节则游荡在村子里啄食残饭寻觅粮仓。老黄牛看看树上的麻雀，不明白这些小不点为什么能一天到晚那么喜庆。

谷爷摇了半晌耧，只觉臂酸腿沉遍身出汗，气喘吁吁地跟老黄牛说："到地头歇了吧，看来咱们是真的老了。"

到了地头，谷爷给牛脱了套："到那边卧一卧，套着这行头歇不舒服。"

老黄牛走出耧杆，就近卧在谷爷身边。

谷爷傍着老黄牛坐下："我都七十整岁了，你跟了我二十年，咱们都老了，谁也别逞强把活一气干完。"

和牛坐在一起的谷爷，神情像头老牛，不知谷爷把自己当成了老牛，还是牛不知道它是头牛。他们一起回望着不远处的村庄，村庄上嘉树成荫，村边农舍外有几株高大的桐树，淡紫色的喇叭花开得云蒸霞蔚。不知哪儿传来啄木鸟"空空空"的啄树声……

早些年，李家泊盛产小米，家家种谷子。一马平川的庄稼地里，哪家也没有谷爷种出的谷子好，谷爷种的谷子，碾出的小米颗粒滚圆色泽金黄，熬出的小米粥更是糯软清香。由于谷子的产量不高，近些年，很少有人种了，大多改种了高产的小麦。种谷子要留春地，肥沃沃的一块好地，一年只能收一季谷子，都认为可惜了。种麦子就不同，收了麦能接茬种玉米，一年两季收获。谷爷不，谷爷认定了种谷子，要不谷爷怎么叫谷爷。谷爷说："人不能太逼榨地了，得让它休养休养缓缓劲儿，那样才能长出好庄稼。"

小米养人，老理儿了，都知道。乡下的老人要吃小米，小孩要吃小米，坐月子的产妇尤其要吃小米。产妇的公婆或父母，在她还未生产时，就早早备足了够吃一个月的小米，准备给她熬红糖小米粥，而这小米以谷爷种出的为上上品。那些米贩卖的多不纯正，连城里人也闻着讯儿来李家泊找谷爷买小米。

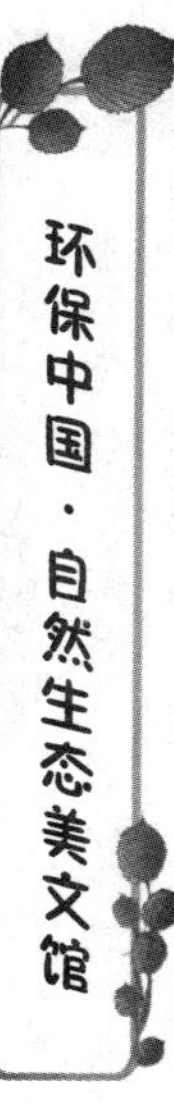

近年，李家泊大片种谷子的就剩谷爷一人了，今年，谷爷也仅种了一亩。谷爷老了，谷爷的牛也老了，不得不缩小种植面积。

谷子种上后，谷爷发觉老黄牛日渐慵懒不思饮食。那天谷爷到牛棚里给牛添草加料，牛精神不振地卧着，只是看看谷爷，没有站起来的意思。谷爷将两把黄豆和玉米撒拌在谷草里："起来看看，有你爱吃的黄豆呢。"

它勉强站起来，将头伸进槽里吃了几口就不吃了。

谷爷说："累着了？十年前一村的牲口中再没有比你有力气的。"

看到牛再次卧下，谷爷担忧起来："伙计，你不是病了吧，我给你请个兽医看看。"

谷爷说去就去。兽医背着药箱跟着谷爷匆匆来了，围着牛看看，又跟谷爷说了些什么。牛听不懂，但牛知道它认识的这个背有点驼的兽医有个玻璃大针管，扎在身上会很疼。果然驼背兽医从药箱里取出了玻璃大针管，它条件反射地站起来，盯着兽医，做出了抵触的样子。

谷爷扳住它的曲角安慰说："伙计，别怕，扎一针病就好了。"

驼背兽医快速把针扎进它的身体里，它想跳开，不知是谷爷力气大挟制着它不能动，还是它身衰体弱，它只是扭了扭身子，表示了它微弱的反抗后，就放弃抵触由驼背兽医摆布了。

驼背兽医走时跟谷爷说的一句话它听懂了，驼背兽医说："它太老了。"

它这次真的病得不轻，神情越来越萎靡，老听见谷爷在它身边自责地说："早知道你会累病，说什么也不会让你拉耧的。"

每次听谷爷这么说，它心里就会泛上许多难过，大眼怔怔地看定谷爷，心里说："我老了，再不能帮你了。"

谷子

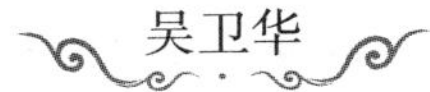
吴卫华

谷雨后雨水渐丰，淅淅沥沥的小雨已经下了两天，老黄牛郁郁地卧在牛棚里，长久地望着青白的天空。院子里有几棵杨树，细雨洒在树叶上再汇成大点滴落到下层的叶片上，发出叭叭的声响。老黄牛很想在这清新的细雨中，走出村去看看田野。

谷爷的儿子来了，向正愁着牛病的谷爷说："兽医都说不能好，趁着它还活着还能走，牵到王屠牛那儿卖了吧，等死了再卖价钱就亏大了。"

谷爷看看儿子说："它还活着，我怎能忍心让王屠牛杀了它，死了再说吧。"

儿子说："它是一头牛，不是我爷爷。"

谷爷心里更觉郁闷，走到牛棚里去看牛。牛依然病恹恹地卧着，痴望着牛棚外的雨雾。

谷爷明白牛的心思："想到外面走走？别急，等你好了咱们就到外面走走。"

谷爷在心里问自己："还能好吗？"

谷爷看了一会儿牛，从牛棚里出来，闷闷不乐地走出院子，他要再去问问兽医，他的牛还有得治没有。

儿子看着谷爷背着手走出院去，在后面紧着问他一句："这牛卖不卖？"

谷爷既没回头也没答声，只管背着手走出院去。

儿子就帮谷爷拿下主意，自语说："那我就把它牵走了。"

有几只俊黑的小燕子，在细雨中斜飞逸行，老黄牛更渴望到村外的田野上走走了。谷爷的儿子吆喝起老黄牛。它站了起来，虽然四肢虚软，却还能迈步。它跟在谷爷儿子的背后，前面的缰绳紧扯着，让它很不舒服，它的精神还是振奋了许多。它走出村去，烟雨蒙蒙中的田野清新异常，那些熟悉的气息和景色，悉数纳入它的鼻中和眼里，它是多么眷念贪恋这些啊。它一步挨一步地给谷爷的儿子牵扯着前行，出了村子，又不下地，一直走向村外，它想问问究竟到哪儿去，却虚弱得不想开口。前面谷爷儿子的双肩已给细雨洒湿，洇浸出老大两片，它恍惚觉得是谷爷在牵着它走，就很放心地随谷爷走下去。

村首路边那棵合抱粗的老桐树，装饰出一身繁花，在细雨中郁沉沉地看着它，用浓浓的香气告诉它："我在这儿给你送行。"

谷爷到了兽医家，说："你再去看看我的牛。"

兽医却拿出一瓶酒端出两碟小菜招呼谷爷说："来，老哥哥，喝两盅。"

谷爷说："你还是先去看看我的牛吧。"

兽医硬扯着谷爷坐下："它太老了，你不忍心杀了它，那就让它安静地了结生命吧。雨天没事，咱们喝几盅。"

谷爷就跟兽医喝起来，说的仍是他的牛，说牛跟了他二十年，在它是头小牛犊时，就被买回了家，跟着他一块儿种谷子……

回家时已经微醺，雨也不下了。牛棚里空荡荡地不见了牛，儿子却把一沓钱交给谷爷，谷爷有点惊慌地问儿子："牛呢？"

儿子说："卖给杀牛的了。"

谷爷越发惊慌："卖给谁了？"

儿子这才觉得事情不像他想的那么简单："卖给邻村王屠牛了。"

谷爷转身向外就走，几乎小跑着出去。

谷爷急急走到邻村王屠牛那儿，远远就看见场地上横躺着一头牛，四肢

直伸，地上一摊血迹，显然牛已经死了，边上还围着几个人。谷爷没敢近前，他认出那就是他的牛，牛睁着灰白的眼睛。谷爷不由老泪纵横，转身往回走，边走边哭。

牛没后，谷爷一直郁郁不乐，还老觉得身乏体酸。地里的谷苗一茎挨一茎地钻出来，没多久就欣欣向荣成了一块青荡荡的好谷苗。

谷爷常常走到田里看他的谷子，有时会恍惚觉得老黄牛在他身前或身后慢吞吞地走着。

谷子秀出青茸茸的谷穗时，谷爷发现了一个大问题，那就是麻雀特别多，整个李家泊就谷爷这块谷地大了，到时不知那些天性中喜欢谷粒的飞贼会怎样大肆窃掠他的谷粒。谷爷早早用前年的谷草绑扎了一个看谷佬，给它穿上自己穿旧了不要的褂子，并戴上一顶破草帽，还在它的两臂系下长长的红布条，然后把它插到谷地中央，背后看去，宛然就是谷爷站在地里看守庄稼。

给谷地里安置好看谷佬后，谷爷就病倒在了床上。谷爷躺在床上郁郁地想着他那一地的谷子，默默计算着日子，那些青茸茸的谷穗，这时节都应该长得粗壮沉实饱满了吧，那一地万头垂动的谷穗，应该长得像当年毛主席背着草帽穿着白衬衣走进的那块谷地那么喜人了吧。谷爷很想去地里看看他的谷子。

谷爷的儿子每次走来看他，他都要问儿子那些谷子怎么样了，儿子每次都说好得很。谷爷还是不放心，他知道在这个殷实的秋天，正是鸟儿无须忧虑饥饱的季节，尤其是那些贪吃的麻雀，它们会成群结队拉帮结派地飞落到谷地里，噪声惊人地劫掠谷粒。

谷爷等儿子再来看他时，郁郁地问儿子："那些贪吃的麻雀把谷子糟蹋成了什么样子？"

儿子安慰他说："今年麻雀是多，但不知为什么，很少有落到我们谷地里偷吃的。谷子好得很，比往年都长得壮实饱满。"

谷爷虽然不大相信儿子的话，还是略觉放心地沉沉睡去……

谷爷做了一个梦，在梦中，谷爷像往常那样走向他的谷地。谷爷看到他的谷子果然如儿子说的那么好，沉甸甸的大谷穗低头交颈挤挤挨挨地布满田间。谷爷听见一地的谷子细碎地欢叫着："谷爷，谷爷……"

谷爷心满意足地巡视着他的谷子，在谷地中央，谷爷看到了那个戴着顶破草帽挥着红布条的老人，谷爷紧紧握住老人的手说："谢谢你把我的谷子照看得这么好。"

老人说："这是你最后一次托我照看这些谷子，我也是最后一次给你看守它们了。"

谷爷和老人久久地站在谷地里，谷爷再次听见拥围在他四周的谷子发出细碎的欢呼声："谷爷，谷爷……"

谷爷眼中流下泪来。

谷爷的病越来越重了，到收割谷子时，谷爷已经不行了。

谷爷跟儿子说："我去谷地里看过了，那些谷子真的很好。"

谷爷没等到谷子收割到家就走了。那年谷爷的谷子收成真的很好，旁人田里的谷子都被雀儿糟蹋得严重减产。原来，谷爷的儿子在谷子快成熟时，不辞辛苦地用红色塑料袋一兜兜将谷穗扎罩起来。

谷爷走后，谷爷的儿子就不种谷子了。谷爷的儿子对谷子不感兴趣。

我家的黑眼儿羊

范子平
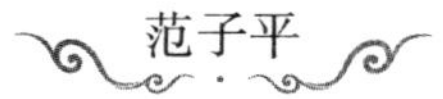

那个色彩斑驳的秋天，山西的表舅来我家，从平车上卸下一个筐，说："小胖，给你的。"

我过去一揭盖儿，一张长长的嘴伸出来，带几根胡须，是山羊！两个眼眶处像落上两块椭圆的黑叶片，熊猫一样，但那时可不知道熊猫的。只见它伸出鼻子来嗅这嗅那，像条小狗一样有趣。我高兴得跳起来，但还没有落地，那只小山羊便从筐里跳出来，而且一发不可收，连着跳了几十下，似乎还不足以展示它的功夫，又径直跳到猪圈墙上，再一下就跳进猪圈里，把正在棚下侧着身睡觉的大花猪吓了一跳，花猪哼哼唧唧地起来，小山羊已经照它的肚子就是一下，那头一百多斤的花猪还在嗷嗷地抗议呢，小山羊又飞身跃出了猪圈。

我高兴地问："公的母的？"

表舅说："公的，在山岩上抓的羊羔子，才养俩仨月，野性大，留心别让跑了。"

我叫它黑眼儿，把它关在家院里，不断地去外边薅青草喂。

它可是一个典型的破坏分子，几乎没一分钟休闲，不停地跑，不停地跳，跳上我做作业的课桌，踩坏我的作业本，跳上我家里的棚上，弄得上边堆放的杂物咔嚓嚓乱响。还会沿着猪圈墙跳上我家的院墙，我正在下边捏一把

汗，唯恐它掉下来摔死呢，它却在高高院墙上小跑着倏地来个一百八十度急转弯，在我惊呼出了声时，它却得意地抖着毛刷似的小尾巴，接着就一撅屁股快跑，凌空一跃，又跃上了我家的厨房顶。

厨房顶是抹的麦秸泥，哪里经得住它这般跳远跳高？好几个地方被踩出了窟窿。爹几次气得拿起木棍要教训它，都被我拦住，只好自己上房又胶泥了一遍。我是独子，只要我坚决反对的事情，爹是不会做的。但从此上房胶泥厨房顶成了爹经常的作业，但每次完成后都要吵我，我成了黑眼儿羊错误的受罚者。

我也曾多次把黑眼儿羊牵到厨房跟前，指着让它看造成的恶果，黑眼儿羊毫无认错的觉悟，总是不耐烦地一转屁股就跳开了。

我每天去上学，都要郑重其事向黑眼儿羊道别，黑眼儿羊似乎很理解，马上面向我立定叫上几声表示留恋。我放学回来，总是要拐个弯儿，割些嫩草回来，黑眼儿羊知道的，它一听我的脚步声，就兴高采烈地旋风般跑来，把我手中的草一把掠走，津津有味地咀嚼起来……

经过了冬春，转眼又到了夏，黑眼儿羊越长越大、越长越强壮了，脊背覆盖着缎子般的毛皮，一双尖角有力地耸在头顶。暑假里我常常带它出来。它精力充沛，在赤日炎炎下照样四处游荡，跑起来轻盈灵活，站那里威风凛凛。吃草之外，经常练习依托树木、沟坎的掩护去靠近、隐藏，时而一场爆发式的攻击，或者突然地奔跑逃离。每当有其他山羊、绵羊或者猪经过，它往往就淘气地野性地去攻击。后来我发现它对村里的狗也并不畏惧，反而颇有决一雌雄的精神，一见狗就勇猛剽悍地冲过去，弄得我拼命拽住套在它脖子上的绳索，常常弄出一身的汗。

那天村主任家的黑狗过来了，村主任家在村东头，但他家的狗今天在我们村西出现，这不是好事。我小心翼翼地把黑眼儿羊摁倒在路沟里。但是村主任的狗向来是吃遍全村盛气凌人的，大约闻到什么气味儿，它小步快跑径直朝这边过来了，喉咙里还发出呜呜的威胁声。我正担心，黑眼儿羊按捺不住一下子跳上来，平时很受村里人们包括家禽家畜们敬畏的黑狗大约是

没想到,一下子被黑眼儿羊的角顶住,横着一豁,呼一下豁出几米远。黑狗汪汪地叫着逃跑了。

许多人都很开心,小伙伴们都朝我竖大拇指。我虽说有几分骄傲,可到底担着心,到家果然被老爹骂一场。村主任的狗虽然不是村主任,但还没谁敢来冲撞它。今天的事是不是有啥后果,谁也不敢讲。

村主任果然来俺家了。就是没有提狗这件事,村主任来也难有啥好事,村里人都知道要弄些好东西给村主任花钱消灾,可我家有啥好东西呢?

村主任进了我家院门,开门见山地说:“你家养了野山羊?”爹赔着笑。堵在羊圈里的黑眼儿不知道啥时候蹦出来,一溜跑朝村主任冲过来,只听得蹄声响,我连忙去拦阻也没拦住,村主任转身就跑,屁股还是被撞了一下。

虽然我们担心很多天,但村主任除了在大喇叭上吆喝几次“必须管好自家猪羊”,就再也没上过我家的门。我搂着黑眼儿羊的脖子说:“村主任其实是好人哩!”爹看看我又看看黑眼儿羊,脸颊上也露出了笑意。

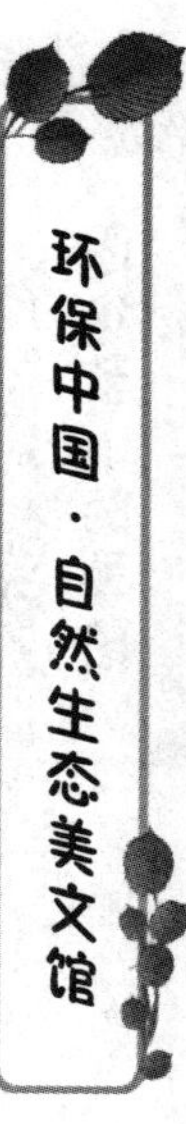

畜语

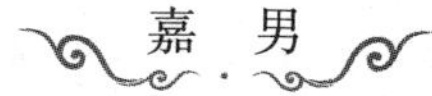

在我们羊庄的历史上，小老羊是一个特别的人物。

小老羊能被今人所知，得益于我们羊庄的文化人梁月昌的挖掘。老梁到城里做了文人后，时不时地还回羊庄转转。羊庄没大变化，依旧是人、动物和植物在一条生物链中循环，有所不同的是，动物的比例大大增加了，它们主要集中在大老解的养殖场。

老梁每次回来，都到大老解这里，打小一起长大的伙伴，都不见外，老梁要坐要站随便，大老解该忙就忙。有次，大老解正用铁锨追打一只拼命叫唤不好好吃食的猪，老梁忽然想起了小老羊。

“老解，你知道咱庄上从前有个光棍儿小老羊吗？早几十年就作古了。”

“作古了，我上哪儿知道去？怎么啦？”

“我也是听老人讲，他懂牲畜的话，知道牲畜的心思。谁家的猪在圈里没白没黑地嚎，他去一听，说猪圈墙里有块黑石头，猪见了害怕，搬走就好了。那家人就搬走石头，猪果然不叫了。谁家的小马驹病了，他去听听，摸摸，就知道是小马过河时，从桥板上掉进河里受了惊吓，又叫凉水一激，有点吃不消了，说弄点什么草喂一两天就没事了。那家人乖乖去办，果然灵验……”

大老解打断老梁：“扯淡，谁能听懂畜生瞎叫？那人肯定懂点兽医。”

"小老羊……"

老梁本想讲讲小老羊的故事,可大老解请的兽医来了,他不想添乱,悄悄走了。老梁想告诉大老解,小老羊真不懂兽医,旧社会那会儿从外地来到羊庄,给有钱的人家干活儿,也就混个肚子饱。据说他整天蓬头垢面,衣衫褴褛,不喜欢两条腿的人,专爱亲近四条腿的和带翅膀的动物,哪里有猪马牛羊,阿猫阿狗的,就往哪里凑,尤其与羊要好,再加上他身材极瘦小,面相却很老,人们就叫他小老羊了。老梁相信老人们不会瞎说一气,可羊庄的人都当故事听过拉倒了。

老梁是想让大老解学会与动物沟通,那猪叫得那么可怜,老解却拿着铁锹硬拍,太粗暴了。听老人们说,小老羊养过一头牛,合作社的时候入了公,却没有人能使唤得了,拉犁时怎么用鞭子抽也不走,倒往相反的方向使劲挣。小老羊来了,什么也不说,只是在牛背上轻轻地一拍,牛就顺从地往前冲去。社里的人认为谁养的牛,牛自然听谁的,小老羊说:"你只要不用鞭子抽,它也自然听你的。"这话听上去简单,却颇值得玩味呢。

所以老梁再来养殖场,一心要把小老羊的故事讲完。小老羊养的鸡,只要他一吹口哨,立马从地上飞起,钻进他的篮子里;小老羊的山羊会表演算术,猫呢,会钻罗圈,能跳火堆;小老羊经常坐在村口,与一只小狗下象棋,棋盘摆好,只要他先走一步,小狗便将一只爪子按在一枚棋子上,向前推,直推到他的老将旁边,嘴里还发出类似"将、将"的声音,一声高过一声,急赤白脸的,把围观的人笑个半死。老梁相信,这些有趣的事,大老解定能听得入心入神。

可是,大老解在和雇工一起杀猪呢。还是土法杀猪。一刀捅上去,猪叫得人直打激灵,头皮发麻。老梁观察了一下猪舍,一面是砖土水泥结构,另一面是钢筋护栏,屠宰现场就在附近,透过栏杆空隙,同类的遭遇一览无余,猪们不安地走动着。老梁顾不上讲小老羊,而是提醒老解:"你这样杀猪不人道呢。国家现在提倡人道屠宰,杀猪要先用电棍电昏了再杀,十五秒内,也不能让圈里的活猪看见。"

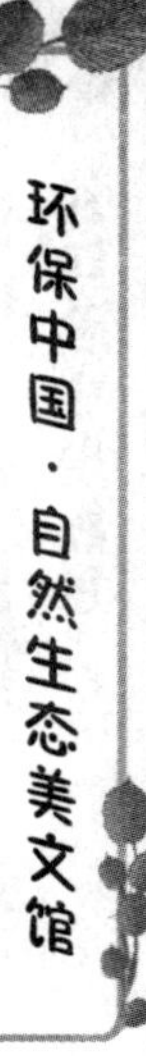

大老解边忙边说:“老梁你识几个大字回来穷甩,猪就是杀了给人吃的,怎么杀还不一样?”

老梁只好从经济效益的角度诱导大老解:“你知道咱国家的猪肉为什么不能出口?就因为宰杀不合人道。像你这样杀猪,猪又怕又痛苦,立马就产生毒素,肉发白发软,口味也差。人道一点杀,不是卖得更好?”

“去你的吧,老梁,咱这小地方,谁讲究这些,怎么得劲怎么杀就行了。”

大老解才不管这一套。有一次老梁来,发现大老解改养狗了,杀了往城里的狗肉馆送,说养猪不挣钱。大老解自己也爱吃狗肉,和杀猪一样,当着狗的面杀狗,一点也不讲究。后来他还养貂,就那样活着剥貂皮。老梁看着那血淋淋的场面,又想起了小老羊。有一年春节,邻居老太太给小老羊送来一个烀熟的羊腿,她不知道小老羊不吃肉,什么肉都不吃。结果小老羊与他的山羊隔桌相对,共同看着桌上的那块肉,小老羊呜呜哭,山羊咩咩叫,一样眼泪汪汪。老梁想给大老解讲讲小老羊的慈悲和善良,怕大老解多心,就没张口。

2007 年正月十四,老梁来羊庄走亲戚,回城之前又来看大老解,腊月里大规模的屠杀过后,养殖场甚是安静。两个老伙伴聊了一气。老梁终于为大老解讲完了小老羊的故事。故事的结尾是:小老羊孤独地老死在住处,羊庄村主任的窗前不知打哪来了六只羊,咩咩咩凄惨地叫。村主任出来赶走了,可刚转身进屋,六只羊又回来,齐齐地哀叫,村主任又出来赶,还纳闷谁家的羊没看好,跑出来这么多只?如此三番五次地重复,村主任一拍脑袋,想到了小老羊,莫非……村主任去了小老羊的草屋,安葬了他。

大老解叹息道:“真有这样的人?我要有小老羊那本事就好了。”

离开的时候,老梁说:“天气预报说明天要坏天,你可得防好了。”

正月十五夜里,百年不遇的风暴潮给羊庄带来了灾难。大老解的养殖场被恐怖的狂风暴雨撕得稀巴烂,他养的那些兔子和貂都跑得精光。第二天早晨,人们在养殖场废墟上发现大老解的尸体,已经血肉模糊,伤口有撕痕,周围还有几只狗在流连。

老梁听到消息,深叹一声,无语。

高墙檐下的燕子

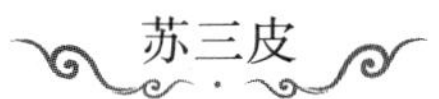
苏三皮

当狱医婉转地告诉王德光，说他的病已经到了晚期时，王德光连死的心都有了。但是王德光还不想死，因为王德光还牵挂着他的女儿。

在监狱里，王德光的牵挂显得如此苍白无力。王德光甚至无法让女儿知道他在牵挂着她，除了给女儿写信。王德光给女儿写了很多封信，然而都被退了回来，说是查无此人。王德光隐隐地担忧，准是那个女人带着女儿改嫁了，女儿在新家会不会受委屈呢？那个女人是王德光的前妻，感情破裂后他们就离婚了。离婚后，王德光再也没有见过女儿。王德光很想见到女儿，但前妻坚决不让。前妻专制得无以复加。王德光就很颓废，破罐子破摔。到后来犯了错进了监狱，王德光就更不可能见到女儿了。王德光手里只有一张女儿六岁时的相片，每次想女儿想得慌了，王德光就只有看着女儿的照片默默地流泪。

回春的时候，牢友放风回来兴奋地告诉王德光："楼下的屋檐下住进了一对燕子，它们正忙碌地一棵枯草一根羽毛地垒巢呢。"

王德光病恹恹地回了牢友一个生硬的笑容，侧过头又准备睡去。

牢友推了推王德光又说："放风时你也到下面走走吧，晒晒阳光，沾沾地气，总比躺着强，看看那对燕子也好啊。俺老家有一种说法，燕子入谁家，就能给谁家带来好运气呢，说不定也能给咱们带来好运气，咱们今年都能获得

减刑呢。”

王德光没好声气地回了牢友一句说：“你看俺都病入膏肓将死之人了，减刑有什么用呢？难道俺还能活着出去不成？”

第二天，牢友又很兴奋地告诉王德光：“燕子的巢已经快垒到一半了，它们的速度可真快，说不定三两天就能将巢给垒出来了，然后它们在巢里产蛋，不久就可以孵出一窝小燕子出来，哦耶，多幸福的一家子呀。”

第三天，牢友还是很兴奋地告诉了王德光燕子以及它们的巢的最新消息：“燕子的巢快要垒好了，它们的速度也相应地放慢了下来，它们还懂得适当地放松呢，它们时而在空中翻筋斗，时而挺着银白的肚子滑翔，呗呗，它们多自由自在呀。”

过了两天，牢友又告诉王德光：“燕子的巢已经完全垒好了，说不定接下来它们就要产蛋，就要生儿育女了。”

牢友没有想到他的话竟触动了王德光脆弱的神经。王德光一记闷拳就落在了牢友的脸上。牢友被那记闷拳打得迷糊了，不知道究竟发生了啥子事，幸亏值班员及时地将王德光给拉开了。

接到报告，狱警过来处理并做询问笔录。王德光一句话也不肯交代，只是孩子般嘤嘤地轻轻啜泣。狱警从值班员那里了解到，王德光最近常望着女儿的照片和他写给女儿而被退回的信发呆，改造很消极，又不肯配合狱医的治疗，甚至偷偷把药丸给吐掉了。狱警安慰了王德光一番，又叮嘱值班员要认真落实好互监组制度，一定要看好王德光，不能让他发生什么意外。

狱警没有给王德光处分。

又过了两天，当王德光还在昏昏沉睡时，狱警通知王德光会见。

王德光完全没有想到，他竟在会见室见到了他朝思暮想的女儿。当女儿欢叫着扑进王德光的怀里时，两行热泪沿着他干瘪的脸颊流淌开来，侧过脸王德光看到站在一旁的狱警对他轻轻地点了点头。

会见回来后，王德光仿佛换了一个人，王德光不仅积极地配合狱医的治疗，还勤快地将房间拖得干干净净，明亮得仿佛一面镜子。王德光对牢友

说："俺一定要好好治疗，好好改造，争取早日出监，女儿说她等着俺回来与俺团聚呢。"

放风时，王德光去看了屋檐下的燕子和它们的巢。王德光望着翱翔在蔚蓝天空下的燕子问牢友："你说，燕子真能给咱们带来好运气吗？"

牢友狡黠地笑着答："能，一定能。"

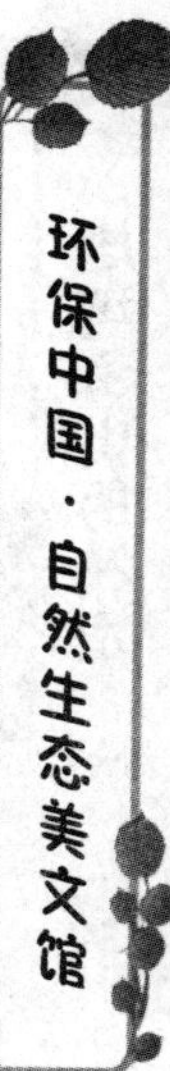

灵猫

许福元

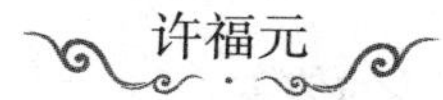

郝奶奶早上遛弯，在村口草丛中发现一只可怜的小猫。

小猫很纤弱，耗子大小，毛色也是灰灰的。小脖子细得像麦秸秆插的，脑袋自然显得大了。两只眼睛倒是水汪汪的，贮满泪水。发出的声音也是嘶哑的，细细的。要不是郝奶奶耳朵好，会错过这个机会呢。可以肯定，这是一只被人遗弃的猫。

郝奶奶像领养一个被人遗弃的孩子。刚将这个“孩子”喂饱第一顿饭，正在给小猫洗澡，老闺女一脚踏进门来，一看见这只小猫，就埋怨起母亲来：“您可真是的，捡这个破烂干吗？这只猫好几个人看见了，都不要。您要嫌一个人在家闷得慌，把我家的小花花给您抱来。我知道您喜欢金鱼，怎么又爱上猫了？”

郝奶奶刚要说什么，这只小猫已从水盆子里跳出来，着满头的毛，刺猬似的，水淋淋冲到她脚下。

老闺女一惊，伸脚就踢：“怎么着，脾气还不小，游僧要赶走住僧？我踩死你！”

郝奶奶一下将女儿喝住：“你挺大的人，跟一只小野猫较什么劲？又不吃你不喝你。我的事，你甭管！”

但从此这只小猫记了仇，只要郝奶奶的老闺女一进门，小猫正吃不吃

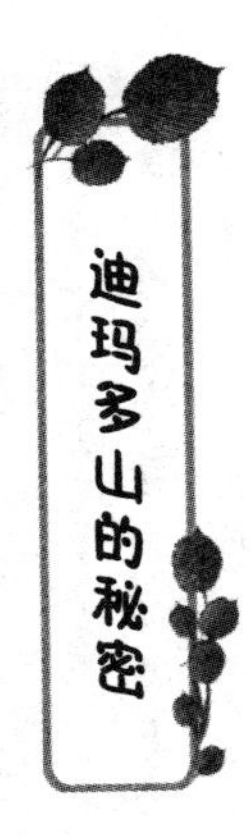

了，正玩不玩了，扭头就没影了。但只要她一离开，小猫又回来了，也不知它刚才躲哪儿去了。

三个月以后，小猫就出落成一只半大的猫了。一伸懒腰，两前爪前扑，后爪蹬开，尾巴竖起来，胡子横扫着，黄身白肚，很有些虎威。

一次小猫上了床，郝奶奶摸着它的头，说："我这个人啊，不愿你在床上待着。你要嫌凉，就趴在我棉拖鞋上。"

小猫像是听懂了，跳下床来。以后郝奶奶一下地，小猫就躲开了。郝奶奶穿着棉拖鞋，暖暖地带着小猫的体温。

转年开春，这只已长大的猫失踪了好几天。郝奶奶的女儿很奇怪："丢啦？"

郝奶奶说："丢不了，它找伴儿去了。"

可不是，猫疲惫地回来了。脊背上的毛，湿漉漉的。郝奶奶说："怀了小猫了。"于是，每顿饭郝奶奶又给它加了一条小干鱼。

头一胎，大猫就生了两只小猫，一只黄里透黑，一只白里透黄，跳跳跃跃，伸着小前爪逗草尖玩。闲的时候，大猫就伸出薄薄的舌头轮流舔它俩。

郝奶奶对女儿说："反正你也开车上班，拐个弯，去宠物商店买点猫粮。三只猫也顶一个吃奶的孩子，得添加辅食。"

老闺女借机又说："我说您，对这只捡来的猫怎这么亲呢？还管它们成家立业，生儿育女？我和我哥小时候，您也没这么有耐心呢。"

郝奶奶沉下脸："我给你钱。你要不去，我打个车去！"

女儿赶紧说："去，去，去还不成吗？"一踩油门，开车走了。

猫三狗四。猫的生育周期，是三个月一窝，狗是四个月一窝。这只猫，又生了一窝。这回可好，三胞胎。

老闺女又对母亲发牢骚了："也不计划生育，有完没完！前胎的两只都成半大猫了，又续上三个小弟弟、小妹妹，真是猫族兴旺。"

郝奶奶却说："你别甩闲话，大猫该把前胎生的两只猫送走了。"

女儿却一撇嘴，不信。

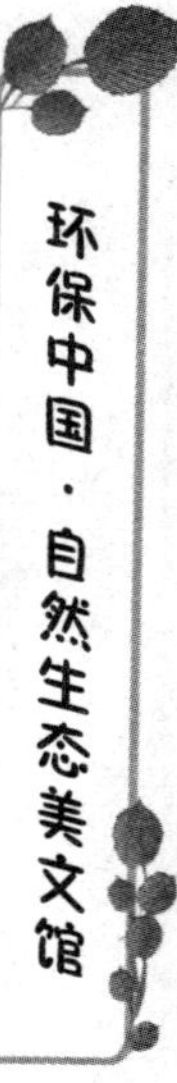

可第二天,她就信了。那两只半大猫,真不见了。

郝奶奶直埋怨女儿:“你看看,都是你这张破嘴!”

女儿呢,也有些后悔。

又过了两个多月,这三只小猫也变成半大猫了。

这天早上,郝奶奶的老闺女正开车上班,忽然,一只猫一下子从前边迎过来,奔滚动的车轮下扎去。

“嚓”,一个急刹车。她跳下车,骂那只猫:“你找死呀!”

就是郝奶奶捡的那只猫,她如何不认识?只见这只猫浑身的毛都竖立起来,咬住她的鞋往前拖。她一下明白了:“我的妈,出事了!”

猫像箭一样在前面跑,她开车在后面跟。到家一看,可不是,郝奶奶歪在床边,嘴歪了,流着白沫。而手里,还拿着加热棒,已插进“热得快”的暖瓶里。

女儿急了,拔了加热棒,甩了出去。抱着母亲,就上了车子,直奔最近的卫生院。

抢救太及时了。郝奶奶输着液就醒过来了,急急地问:“电源插头,你拔下来了吗?”

经这一问,女儿脑袋“嗡”的一下。她清楚记起,自己顺手将带电的加热棒扔到了床铺上。想到这儿,冷汗一下就冒出来了。前一个多月,村东头金家,就因为加热棒,烧光了五间瓦房。

她一阵风一样扑回家,一看,眼前的情景让她惊呆了:花盆碎在床上,金鱼缸倒在枕头上,电热毯和被褥被烧得黑糊糊的。火,竟然没燃起来。现场,像发生了一场惨烈的战争。

那个带电的加热棒呢,被大猫死死咬在嘴里,它的身子已被烧焦了。三个未成年的孩子,和它们的母亲躺在一起,都被电死了!

傻狗

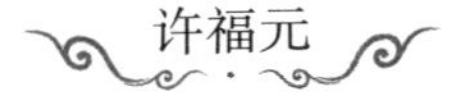
许福元

傻二愣子开一个小商店，养一条傻狗。

这条狗长腰身，一身黑，毛梢发亮，像黑缎子披在身上。它总是卷起尾巴，垂落耳朵，挺着黑亮黑亮湿润润的鼻子，顺下眼睛，一副痴呆懵懂憨憨傻傻平平和和懒洋洋的样子。有人来买东西，它总是默默地迎来送往。

有一个邻居，傻二愣子管她叫老婶。这个五十多岁的女人有一个嗜好，就是爱占小便宜，甚至手有点黏，逮住机会第三只手就施展一下。像摘一个茄子，揪两把豆角，薅几根小葱，拽个小青倭瓜。今春，村委会组织去大连旅游，她藏起旅馆客房的一对枕巾，当众栽了个小跟头。其实，她家日子过得也可以。乡邻背后送给她一个外号——“小苍蝇”，意思是有点讨厌。

“小苍蝇”是傻二愣子商店的常客。第一是离得近；第二是傻二愣子憨厚。

她来买酱豆腐，完了，总是说：“来点汤，来点汤。”看见小缸里有多半块酱豆腐，又说：“搭半块，搭半块。”

看门口堆着玉米棒子，直夸奖：“我侄儿二愣子多勤恳，地种得多好，收这么多。”又看到窗台上晾着红薯，又咂嘴：“哟，红瓤白薯，可甜啦。”

傻二愣子往往一笑，找一个蛇皮袋，给她装点青棒子和白薯，又拍拍傻狗的脑门：“天黑了，送送你老婶。您想着，把蛇皮袋让狗给我捎回来。”傻狗很听话，慢慢跟在她身后，一直送到她家二门子。“小苍蝇”就对狗挥挥手：“回吧，回吧。”傻狗扭身掉头，就回来了。

“小苍蝇”不但留下白薯和青棒子，连蛇皮袋也扣下自己享用了。况且，盛酱豆腐的碗也是傻二愣子家的。还的时候，虽然还是一只碗，不过碗边已有豁口。

她最爱晚上去傻二愣子家的小商店，连串门捎带买东西。那一天，她刚买了一包儿童饼干，傻二愣子有事出了屋。她胳臂长，手一伸，就将两包饼干，掖在怀里，喊一声：“二愣子，我走了啊，炉子上还坐着锅呢！”二愣子在院子里也回道：“您慢走。黑子，送送你老婶。”

第二天，“小苍蝇”照方抓药，又“顺”走了三根火腿肠。

又过几天，她买一大袋卫生纸，怀里又裹着一小卷。

说来也巧，刚走到半道，小卷卫生纸从怀里掉了下来。那黑狗呢，竟叼起小卷卫生纸，颠颠地一直将她送到门口。“小苍蝇”这回真受到了感动，把黑狗让到家里，摸着它的头，不禁感叹：“你真是一条傻狗啊！”

最后一次，她想“顺”走两条中南海烟，被二愣子当场按住了。

“小苍蝇”很是委屈：“二愣子呀，你是我的好侄儿。你老叔不是烟瘾犯了吗？你看，我懒龙刚出窝，平时不做贼不养汉，刚头一回，就让你逮住了。”

“您，头一回？”傻二愣子狡猾地笑了，“事不过三。”

说毕，二愣子弯起食指，放入口中。只听一声尖厉的口哨，大黑狗“刷”地蹿进屋来。将两包儿童饼干、三根火腿肠、一卷卫生纸，叼放在“小苍蝇”面前。耳朵，立了起来；毛发，竖了起来；尾巴，直了起来；牙齿，龇了起来；眼神，严厉起来，冒着绿光。

傻二愣子用手拍拍大黑狗的脑门：“黑子，黑子，你说说，你老婶黏几回活儿了？”

“汪！汪！汪！”大黑狗连吠了三声。

“小苍蝇”一下子就瘫坐在地上，指着狗道：“傻狗，傻狗，你是装傻，你不傻呀！”

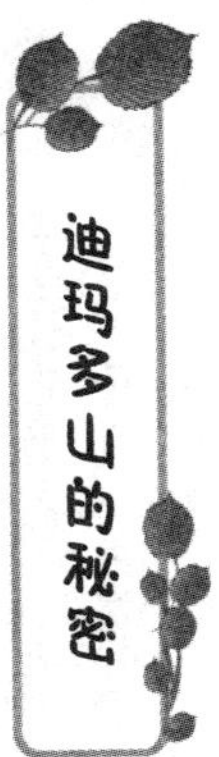

二愣子忙把她扶起，只说了一句话："把别人当傻子的人，自己才是傻子！"

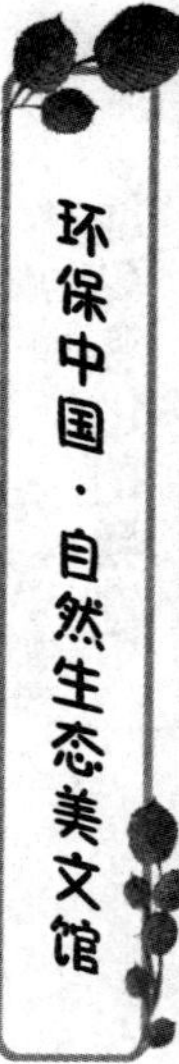

放生

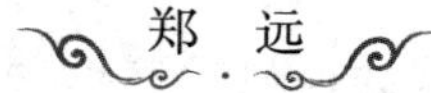
郑 远

香草刚把灯吹灭，麦生忽然就从被窝里坐了起来，活灵活现地说："你听你听，鱼在交尾呢。"

香草没好气地说："离湖三里地，你能听见鱼交尾？你成神仙了。"

麦生说："真的哩。吧唧吧唧的，可欢了。"

香草打了个哈欠说："睡吧，睡吧。现时禁捕了，逮鱼要犯法的。"

麦生说："深更半夜的，真会来查？"

香草说："湖管会那伙人凶着哩，逮着偷捕的就收船割网，你可不要冒险。"

麦生叹口气说："不逮鱼，手头紧巴巴的，想给你添件衣裳都拿不出钱。"

香草不说话了，在黑暗处也叹了口气。

麦生试探着说："去看看，要是有人，俺们就跑，下死劲儿跑。"

香草问："要是跑不及呢？"

麦生狠狠地说："跑不及就跟湖管会人拼，怕他不成！"

香草不同意，可是架不住麦生的哀求和劝说，就穿了衣服，和麦生出了门，到水边解开"两头尖"，咿呀咿呀，摇着下了湖。

这晚是黑月头，四周不见一丝光亮，洪泽湖上无风无浪，黑森森的，就像一口没有边际的墨池。"两头尖"曲曲弯弯蛇行在湖面，好像毛笔尖在蘸水写字。

麦生和香草在湖上生，在湖上长，对鱼的习性摸得滚瓜烂熟——这个节气，鱼都在忙着谈情说爱呢。它们选择浅湾湖汊作婚床，成双结对交织在一块，嬉戏打闹间就把繁衍子孙后代的事做了。

麦生撑篙，香草摇桨，“两头尖”很阴险地慢慢逼近了鱼们的洞房——那是西岸一处伸入凹地的浅滩，形同葫芦，朝南一拐就进入洪泽湖的另一支系，是鱼们异地联姻的必经之地。

果真如麦生预料的那样，此时，葫芦状的浅滩里，鱼们的婚夜已经到了高潮，不同的鱼种追逐交配制造出来的声音，汇成了荡人心弦的合唱。哗啦哗啦，那是鲤鱼，粗犷直截，完全是湖中鱼王做派；啪哧啪哧，这是黑鱼，激情澎湃，精力旺盛；唧咕唧咕，该是白鲢的响声，缠绵悱恻，欲罢不能……到处开锅似的热闹。

“两头尖”横在了葫芦口，麦生和香草手忙脚乱下丝网。丝网下在这儿，等于在口袋口儿打个结，进来出去的鱼多数难逃此劫。

香草边下网边压低嗓门儿说：“俺的妈呀，咋这么多哩？”

麦生不言语，手抖得厉害，心里说：“闹吧、疯吧，等会儿俺就叫你们变成一张张钞票。”

丝网下好后，麦生抛了锚，“两头尖”稳稳泊住了。

麦生摸摸头，一把汗。香草靠过来，掏出一方手巾替他揩。

完了，麦生说：“你也热吧，俺替你揩。”

麦生就为香草揩汗。麦生手笨，揩得很潦草，胳膊肘时不时碰到香草的胸。香草抓住麦生的手，按在那个地方。麦生觉出香草的心跳得像打鼓。香草盯着麦生，那神情有些特别。麦生的那只手就把香草揽住了，香草顺从地失去了重心。

麦生和香草正在进行着，有鱼接二连三撞在船帮上，咚咚直响。鱼不慌不忙扫了一下尾巴，似乎用鱼语对船舱里的麦生和香草说：“你干你的，我干我的，我们互不干涉。”

然后，鱼不管不顾，掉头又追逐同伴去了。

不知过了多长时辰，麦生和香草才完事，“两头尖”又恢复了平稳。

香草惊惊地说：“麦生，赶快收网吧，别真叫湖管会的人逮个结实。”

麦生也说：“是的，是的，抓紧收。”

麦生收网，香草取网上粘住的鱼。每取一条，香草就捧到面前瞅，全是大肚子。

香草把鱼放进船舱，说：“麦生，又是一条怀崽鱼，一包子。”

麦生说：“是哩，是哩，鱼肚里全是籽，现时禁捕呢。”

香草又说：“麦生，一条鱼能产多少条鱼崽？”

麦生答：“咋搞得清？反正数不过来。”

香草说：“鱼产崽，崽下崽。听人家讲，一条鱼能传一湾鱼，神不神？”

麦生不说话，收网的动作慢了许多。

半晌，麦生没头没脑地冒出了一句：“香草，鱼是在为俺们种粮食呢。”

香草嗔笑道：“憨相，想说啥就说吧，俺能吃了你？”

麦生喃喃说：“香草，俺想……俺想……”

香草咯咯笑出了声：“看你憋的，俺还是替你说了吧——俺想让鱼为俺们种粮食！”

于是，湖上连续回荡着香草又脆又亮的喊声——“俺想让鱼为俺们种粮食……俺想让鱼为俺们种粮食……”

湖上现出一抹曙光，东边露出了鱼肚白。

麦生看着空空的船舱，憨憨地笑了。

宝地

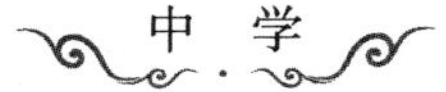

一晃,四十多年过去了,地还是这地,土却变了。

“那时,叫宝地,土,黑黑的,攥一把,滴油;可现在,板板结结,薄喽!”老汉干瘦的骨架上披件脏兮兮的褂子,手拄锄杠,慨叹着。

不知是自己老了,还是让化肥给“化”的,总觉得现在的粮食不受吃,没味儿。“龟孙子,有俩钱烧的,守着宝地买粮吃。王八羔子!”

日头火辣辣的,灼人。老汉弓着腰,汗淋淋地锄着。锄头下去,腾起的黄尘就吻上老汉那张多皱的面皮。小苗蔫了叶,旱的。

“地荒成这样,不管,满世界瞎跑,说什么打工,找项目。这龟孙子!”

今儿是最后一天,这个礼拜,全是晴天,天上连条云彩丝儿都不见。锄了七天,还剩一多半儿。望了满眼的苗儿,可怜巴巴的。锄过的,孤零零,瘦瘦地摇着;没锄过的,瑟缩着,栖在草里。老汉原是打算在“老疙瘩”(最小的儿子)这儿过,可那哥儿仨不允。老汉知道,老疙瘩媳妇儿也那个味儿,妯娌四个一个赛一个,都有点儿“真他妈的”。不冲别的,就冲这块宝地,就冲老伴儿葬在这儿——可四个“少的”(当然还有媳妇)定了,让他“吃轮供”——一家待一个礼拜。唉! 儿大不由爷呀……

吃谁饭,帮谁干。这一点,老汉把握得住。要说最卖力气的,顶数在老疙瘩这儿。老汉心里有谱儿:汗水流进宝地,值得。可老汉嘴皮子都磨破了，白废，老疙瘩听不进。

“挨饿那年，要不是这块宝地秋后打了点儿荞麦，龟孙子，早喂狗了。你娘，靠吃灰菜顶着，脸肿得像烂桃儿——临咽气儿，也没舍得咬一口荞麦饼子。”这些话，老疙瘩都能背下来了。

土地承包那年，宝地归了老疙瘩。那时，老汉就在老疙瘩这儿。老疙瘩把宝地留给老汉，自个儿山里山外跑，后来就进了城，整天忙得要死。起初，农忙时也回来，种呀，锄呀，犁呀，收呀，风风火火，抓鬼般。“别看龟孙子不经心侍弄，化肥一扬，照样‘保打’，牛不牛？这几年，龟孙子，连看也不看一眼，说种地没意思，汗珠子掉地儿摔八瓣儿，不出钱……好好的宝地，荒着，造他娘的孽哟！”

太阳爷儿下山了，田地灰灰的，像罩了纱。

老汉木着脸，望一眼西天，起云了。有风，凉飕飕的。老汉掮了锄，懒懒地回。

“他爷，快吃饭。”前脚刚进门槛儿，老疙瘩媳妇儿就指着小屋说。老汉撩起门帘，饭桌（其实是一个小木凳）放好了。

“今儿是星期天……”门帘外，老疙瘩媳妇儿又说。

老汉抖着手，捧了碗，心头酸酸的，有泪涌出，花了视线。唉！老汉叹息着，忙说：“明儿，上、上他大爷那儿。”

“天气预报说，今儿黑到明天有大雨——还是吃了饭就去吧。”

“嗯，嗯哪。”老汉瘪着嘴，涩涩地咽下两碗干饭。

屋外，云，沉沉的。

老汉松松地夹了行李，蹒蹒跚跚，跚跚蹒蹒，向村东走去。一道闪电，一声炸雷；又一道闪电，又一声炸雷。雨点密密斜斜，齐齐地砸向田野，砸向宝地，也砸向跪在宝地上磕头谢天的老汉。

大雨，下了七天七夜，洪水冲走满田的苗儿，也冲碎老汉那颗凄苦的心。

老汉被抬回家后，就没再说话，半边身子也动弹不得。老疙瘩风风火火赶回家，跪在老汉床前泪雨纷飞：“儿子不孝啊，爹呀……”

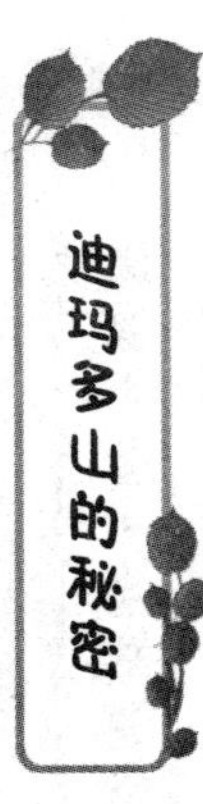

老汉用目光告诉儿子:“回来就好啊。”

老疙瘩抓过老汉的手,哽咽着说:“爹呀,不是儿子不想种地,是种粮食不出钱哪！俺这回弄来了项目——种绿化草,种草,知道吧爹,比种粮食来钱哪!”

第二天,老疙瘩就挨家挨户给村民送草种和“定金”。

半个月后,被洪水冲光了秧苗的田里长出了嫩绿的希望。入秋,从城里开来几十辆大卡车,蚂蚁搬家似的往城里拉草。村里人的腰包,一下子鼓了起来。

宝地的尽头,老疙瘩双手叉腰,望着“收割”后的田野。脚下,草种正在发芽。

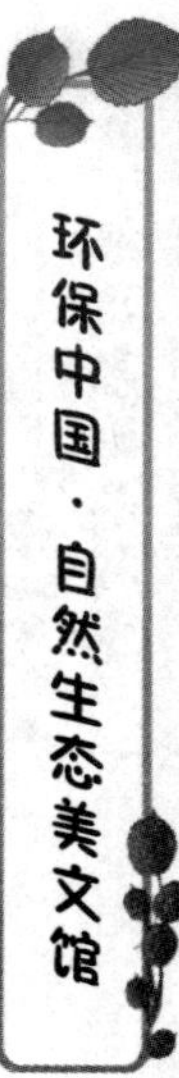

老鲁这个同志

尚长文

今年七月，黄河调沙。调沙，是黄河近年来的事了。主要是利用每年的汛期，从上游水库大排量放水，冲刷淤积在河床上的积沙，防止河床被抬高。就这么着，我被派去到黄河上防汛。

我们住在一个叫“八连”的地方。八连，是许多年前济南军区的一个饲养军马的连队。部队上早已不养军马了，但这个连队的编号却成了一个地名，它让人们知道，这里曾经住过一个叫“八连”的连队。

去到八连，我们把帐篷搭了起来。

帐篷离黄河只有十几米远。我们的任务是每天对我们所负责的河段检查险情。这实际上是一个并不辛苦的活儿，只是有一样，因为远离油田基地，后勤供应就不太方便，吃的菜、饮用的水，都得从油田基地往这里拉。

我就是在黄河上认识了老鲁。

老鲁四十多岁，是孤岛采油厂的职工，也是我们这个工段的甲方代表。这个人长得比较胖，胖得有点像胡汉三，也有点像胡传奎。只不过，老鲁不姓胡，老鲁姓鲁，但长相上却特别像银幕上的“胡家”人。这多少有点巧合了。

由于老鲁是我们这个工段的甲方代表，我们的工作“业绩”一多半就得由他说了算，因此在工地我对老鲁相对就得巴结一下了。说是巴结，也只是

到了吃饭的点，把老鲁留下来一起吃饭。工地上没什么菜，但有我们带去的散装白酒。

请老鲁，菜不菜的无所谓，有酒就得了。

这一天的傍晚，我说："老鲁啊，别走了，今晚咱兄弟喝两杯。"

老鲁很高兴，说："好啊，有什么菜?"

我说："没啥菜，在大堤上搞了些野菜，咱今天吃野菜、喝烈酒，你看咋样?"

老鲁就很高兴地笑了。

我们把小餐桌摆在离黄河不到两米的地方。我和老鲁，一人一碗酒地喝了起来。喝酒用碗，在我来说，还恐怕是第一次。虽然是在盛夏，河边上却凉风习习，两米高的浪头打在黄河宽大的河床上，听上去，便有一阵阵不绝于耳的"哗哗"的潮声。

在这样一个背景下喝酒，不喝醉，简直就说不过去。

那天晚上，我和老鲁都喝高了。

临走时，我对老鲁说："明天中午过来吧，我这里还有好东西。"

老鲁就睁着醉眼问我："啥好东西，晚上咋不端上来?"

我说："今天下午，弟兄们在岸边抓了一只黄河龟，明天咱去买只鸡，放到一起炖了，好给你'补'一下。"

老鲁就赶快摇头，说："别，你快把它放了。龟，那是有灵性的。"

老鲁说："我们在河上，遇到蛇呀龟呀鳖呀什么的，一般都不动它们，动不得的，那是神灵。"

我笑了一下，嘴里不以为然地说着好好好。

也就说说而已，下来后，我到底还是安排伙房把那只龟给炖了。野生龟啊，足有三斤沉，拿着钱恐怕也不容易买到。

说来也巧，刚过了一天，我们的一个防汛用的铲车便滑到了大堤一侧的沟里，好在开铲车的小伙子比较机灵，见势不好，就抢先从车上跳了下来。

这显然不是一件让人愉快的事，所幸的是，没伤着人，设备本身也没出

现大的问题。

老鲁最终还是知道了这件事。

老鲁警觉地问我:“那只龟呢,放生了吗?”

我老实地回答:“没有。”

“进肚子了?”

我点点头,嘴咧了一下。

老鲁一拍大腿,嘴里喊道:“我说嘛,不能吃不能吃,你偏不听。看看,出事儿了吧!你们来防汛,人家好心好意地上岸来看看你们,你们倒好,把人家给杀了,有这么做人的吗?这么做,能不出事儿?”

我问老鲁怎么办。

老鲁想了想,说:“你别管了,这事我来办。”

我说:“好吧。”

老鲁说:“先说好——你得给我报销。”

我说:“没问题。”

次日,老鲁来了,老鲁带来了两条大鲤鱼,两挂鞭炮,还买了一炷香。

老鲁安排我说:“你让他们把鱼烧出来,中午咱祭河。”

只能照办了。

中午,鱼烧好了,菜也炒出来了。我们把桌子摆到黄河岸边,把菜都端了上去,又把那炷香点燃,老鲁放完鞭炮,倒了一杯,他端着酒,大声喊了几句祈福的话,便把酒洒向黄河。

我不大信这个,但那天我是真的很感动。

我在想,老鲁没错,有时候,我们对大自然真的应该怀有一颗敬畏之心才是。

我在黄河上住了半个月,大约和老鲁喝了不下十次的酒。喝酒的过程里,有一天突然就想到了李白的那两句“君不见黄河之水天上来,奔流到海不复回”,以前老以为是一种李白式的浪漫主义。

其实错了。这两句诗,实在是一种写实。

站在黄河的岸边，目光溯流而上，就会发现黄河之水一直延伸到视野的极点，延续到地平线的尽头，就真的会感觉黄河的水是从天上来的了。

在黄河，这也算是除认识老鲁之外的另一个收获。

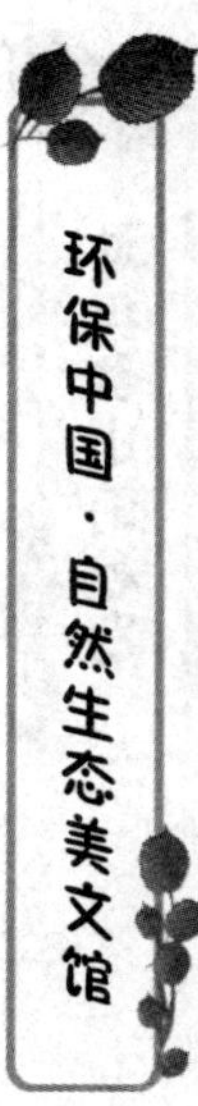

一棵树

茂 戈

那些天，我发现小金总是望着雪山发呆。按说，处在这个雪山深处的兵这样发呆并不奇怪，我也知道他们想着外面的世界，当然更多的是想家。兵们发呆的时候，我能读懂他们的目光，可小金的目光漫过皑皑连绵的雪山，投向更远的地方，却让在这里当了三年哨长的我怎么也读不懂。

作为哨长，我当然不愿意我的兵这样长时间望着雪山发呆。我刚当哨长时，发现越老的兵越不善于表达，很快我就找到了原因：他们每天面对冰寂的雪山哨所，慢慢地就失语了。我让兵们每天都要吼山。所谓“吼山”，就是每天早晨起床后让兵们面对雪山吼，想怎么吼就怎么吼。没有谁能想象我们这一群雪山深处的士兵，每天面朝雪山扯着脖子像狼一样孤独地从喉咙里发出吼声的样子！我不仅让他们每天吼山，我还安排丰富多彩的活动，比如“哨所征文”“我画哨所”等。

我喜欢小金这个新兵。小金刚来哨所，我就知道他是一名画家。我看过他书画家协会的会员证，他说他十六岁就加入了市书画家协会，我还看过他在全国、省市一些书画大赛中的获奖证书。就这样一位响当当的才子，却在“我画哨所”的书画展中败下阵来。

小金的作品交上来时，我看见整个画面就是一幅雪山一样纵横的线条！我以为这是抽象派画法，画的是我们哨所背面的雪山，为此我还认为在这幅

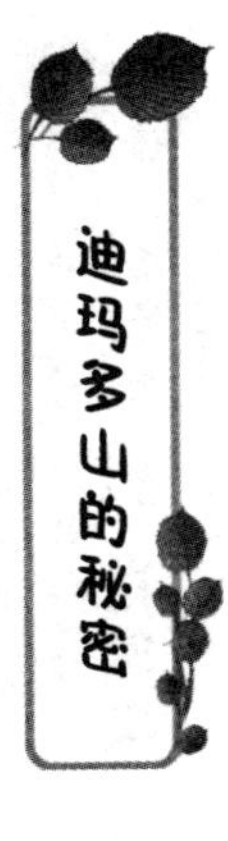

画中找到了雪山粗放的线条。小金交给我作品时没有写题目，我就在作品下面写下“雪山”，我决定给小金一等奖。

可在当天晚上，小金找到我，固执地不要这个奖，喃喃地说：“我不配得奖！我不配得奖……”

我初问他原因，他就是不说。

后来，我发了脾气，拍着桌子吼：“他妈的到底怎么回事儿？”

我这样一发火，小金就哭了。

小金哭着告诉我，他从小就特爱画树，他画的树栩栩如生，他从小就立志当一名专画树的画家，他要画遍这个世界上所有的树。小金哭得很伤心，他说，他第一次参加哨所的书画展，想发挥特长，好好地画出一棵树来，可是，当他提起笔，他的脑海总会浮现那些连绵的山峰和朵朵飘扬的雪花……在这冰寂的雪山哨所，从不长一棵树，他每天面对的是风雪弥漫的雪山。小金画树的灵感消失了！

小金的话把我的心牵痛了很久很久，半天说不出一句话来。

那晚之后，我就发现小金变了一个模样，每天早晨“吼山”，他总吼得歇斯底里，像是对着雪山发出他满腔的怒火。没事的时候，他就望着雪山外的方向，我读不懂他眼里的内容……我找他谈了好几次，可他仍旧如故。

终于，小金出事儿了。在那个风雪弥漫的夜晚，小金失踪了。

这是一起严重的事故！把我吓得浑身直冒冷汗，我一边向上级汇报，一边连夜组织人员冒雪寻找。终于在第二天凌晨离边境五百米的地方找到小金。一见到小金，我就忍不住上前狠狠抽他一个耳光：“你想干什么？”

小金摸着脸颊愣愣地看着我，像不认识似的。

倒在雪山上的小金像终于醒悟一样，呜呜地哭起来。

得知情况的上级把小金送到山下医院进行观察治疗。接到这个消息，小金只呆呆望着哨所和雪山，我读出小金心里的难受……在我跟小金最后的一次谈心中，小金告诉了我他那夜“外出”的原因。小金说，那夜，他迷迷糊糊地做了一个梦，梦见在雪山深处有一棵树！小金说那棵树是他见到的最伟岸的一棵树，最有生命力的一棵树。他听见那棵树在向他呼唤："来吧，来吧……"

小金就一骨碌翻起来，跟随着那棵树的呼唤声，身不由己地向它走去……

我说："你这是梦游？"

终于到了山下，远远地，我们看见一棵树，是的，一棵树！一棵只有碗口粗的树！它孤独而倔犟地傲立在山坡……我看见小金的眼里突然射出一束光来，那是一种什么样的目光啊，惊讶、疑惑、感慨……千言万语，也不能描述小金此刻的心情。

小金再也控制不住自己的情绪，猛地跳下车，以百米冲刺的速度跑向那棵树，像找到失散多年的亲人，边跑边声嘶力竭地喊："我看见树了！我看见树了！"

高手

凝 香

凤凰岭有个传说。

相传早年间，山里住着一户人家，姓周，以打猎为生。住在山里以打猎为生没啥奇怪，奇怪的是他们打猎用的工具，别人家用刀啊枪啊的，他们却用树叶花瓣松针等一切可信手拈来的东西，随手打出去，直挺挺硬生生插进动物的眼睛直至大脑。那些鹿啊豹啊的倒地而死，不伤一点儿皮毛。

丝毫未损的皮子很好出手，周家的日子过得很滋润。

后来，听说他家出了事。有的说，被土匪盯上灭了门；有的说，为躲仇家隐姓埋名远走他乡。

这家人从此销声匿迹。

…………

凤凰岭发展得很快，先是一条马路蜿蜒到这里，接着山上生长了百年千年的树被运了出去。村民们的生活也发生了很大的变化，盖起了高楼，看上了电视，开上了汽车。这个偏僻的小村子慢慢热闹起来。

年轻人不再像祖辈们那样守着凤凰岭，他们搭帮结队，踏上那条马路，打工去了。

这一年，村里来了一周姓商人，出资要建度假村。

周老板计划很宏伟，他的度假村很大，大到占去了凤凰岭一多半的农田和房屋。有的村民收了钱，欢天喜地搬走了；有的却不愿搬，老张头就是这样。

老张头祖祖辈辈生活在这里。现如今，儿女们都进城落了户，唯独他死活不跟着孩子们走，一个人守着那几间破屋子过活。

村民们也劝："你那几间屋值不了几个钱。周老板出手阔绰，够养老了，拿上钱跟儿子进城吧……"

老张头听不进去，倔驴子似的。

于是，老张头的院子里隔三岔五就有砖头、瓦块、屎蛋子扔进来，老张头默默地打扫着，不吭气儿，也不搬走。

周老板沉不住气了，老张头的房子正是度假村的核心，他不走，工地开不了工。这天，他带着一帮子人，浩浩荡荡进了老张头的院子。

周老板大咧咧往老张头的院子里一坐，点上手指粗的烟，边吐烟圈边问："老张头，你开个条件吧，多少钱你走？"

老张头没抬眼皮："我在这里生活了一辈子，每天都得看看凤凰岭，每天都得上去转转，看不到呀，我这心里就难受，你给我金山银山我也不走。"

一阵微风从院子里扫过，一片树叶飘悠悠落进周老板怀里。周老板随手将树叶拿在手中玩弄着："老张头，听说过凤凰岭上的老周家吗？"

老张头看了周老板一眼："知道，全凤凰岭的人都知道。"

周老板抖了抖树叶："我也姓周。"

周老板一个手下接茬说："我们周总是他们的后人。"

老张头停下手里的活计，仔细打量了下周老板，摇了摇头："不像。"

周老板扬了扬那张胖脸："哪里不像？"

老张头继续扫他的院子："哪里都不像。"

又一阵风吹过，卷起了院子里的落叶，尘土迷了眼睛。周老板与他的手下纷纷抬手捂住口鼻。

小风过后，周老板的一个手下忽然惊呼："我的手。"

只见他的手背上有一道细得几乎看不见的伤口，好在伤口不深，只有一

点点血丝渗出。接着，所有人都在惊呼，每个人的手背上都有着同样的口子。

手下匆忙聚在周老板身边，警惕四周，有人拿起周老板的手，那只手完好无损，白胖胖的。手下们刚松了口气，又有人发现周老板的脖子上，动脉处，有一条血线，浅浅的，只割破了皮肉，再深一丝就会割破动脉。手下们慌了，周老板也慌了，他们惊恐地看看四周，又看看不明就里的老张头，悄没声地撤了……

度假村没盖起来，凤凰岭又恢复了短暂的平静。

老张头还是每天大清早上山，日落了下山，他在忙活什么谁也不知道，也没人关心。人们只看到那片山林子又慢慢绿了起来……

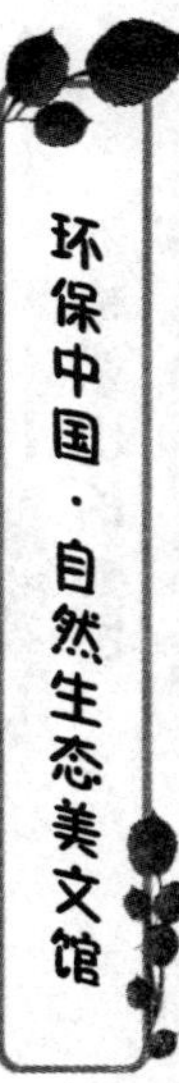

我听见喜鹊在唱歌

刘国星

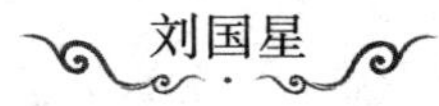

哑姐二十三岁，婚事仍似搁置磨盘的米，没有锅下。爹娘心事似铅，苦脸叹气。每逢这时，姐舞乍着胳膊，向我比画。我说："我听见喜鹊在唱歌。"姐就点点头，笑了。

十里八庄的后生们街上田里逢遇姐时，都喜眉喜眼地问："谁家的？嫁人了吗？"可当知晓姐是哑巴，不会说话时，就咂咂嘴，"轰——"一声麻雀般散去。

姐不是天生的哑。

屋外大杨树上住窝喜鹊，九岁的姐领着我和大黄狗，日日在树下嬉戏，喜鹊筑窝孵蛋的事，也都知道。那天，姐和我正弹玻璃球，却见大黄狗吠叫着扑向一只小喜鹊，小喜鹊羽毛未丰，显然是从树窝跌落的。姐喝住狗，捧起小喜鹊。小喜鹊扑扇着翅膀，黑葡萄般的眼珠打量着姐，又伸出黄黄的小嘴，啄姐手心里的玻璃球，一下一下，姐咯咯笑开了，我也笑。大黄狗咧着嘴，涎水一滴一尺长，一滴一尺长。姐抬头望望喜鹊窝，说："俺送它回窝！"

我说："留它和咱们玩吧！"

姐指指大黄狗，"你看那馋样，再说喜鹊妈妈也想娃崽啊！"

姐踩着鸡舍猪圈的围墙，一步步爬上去。

这时，两只大喜鹊回窝了，它们像是明白姐的好意，站在高枝上，不断地

向姐“唧唧喳喳”地叫。大黄狗摇动毛茸茸的尾巴，一蹿一蹿的，也叫。

在围墙尖顶，姐扔进喜鹊窝一个玻璃球，对手中的小喜鹊说：“送给你了。”

又踮起脚，送小喜鹊进窝，却够不着，踮脚，再踮脚，小喜鹊爬进窝，姐却从高高的墙头跌下……

我抱住姐又喊又摇，姐脸色苍白，双目紧闭，却一句话也说不出来。

爹娘荷锄回家，问明原委，爹说：“是惊吓，睡一觉就好。”

娘安顿姐睡下，谁知姐睡醒后，仍说不出话，一见我，就用手指树又伸着双手扑扇一下，我说：“小喜鹊送进窝里了。”

爹娘带姐到医院瞧医生，医生检查不出毛病，可姐从此却说不出话，成了哑巴。烦闷时，姐总舞乍着胳膊，向我比画。我说：“我听到喜鹊在唱歌。”

姐就点点头，笑了。

我十八岁那年，当了一名边防兵，三年复员回到乔家庄，当我踏进家门，紧抱爹娘，没说几句话，却见姐抱一个小男孩走进门，喊一声“弟——”，扑上前，紧紧握住我的手。“啊！姐你会说话啦？姐你会说话啦！”我欢呼雀跃，泪流满面。

姐说，她在我参军那年就结婚成家了，男人叫二柱子，也是乔家庄人。二柱子初中毕业回乡务农，说早就相中姐了，之所以迟迟没开口，是他爹嫌姐是哑巴，后来他爹去世，二柱子就和姐好了。婚后生个胖小子，爹娘也替姐和二柱子高兴。谁知，乔家庄人却净拿姐的哑说事，管二柱子不叫二柱子，都叫“哑巴的汉子”。时间一长，二柱子低眉顺眼，都不在正街上走了，常贴墙根儿急走，摔个跟头，起身，也不往后瞧一眼。

冬季庄户汉子们赌钱，也不叫二柱子，二柱子就背洋铳到林子里打狍子。开初姐不知二柱子上山干啥，直到那天二柱子扛回一只狍子，才急了眼，对二柱子指天指地的。

二柱子边拿刀子边伸出一只小拇指：“俺再不打狍子了。再打，俺是孙子。”

真作孽！母狍子肚里竟包着小狍子。姐盯着母狍子水样的眼睛，看着鲜红胎衣里包裹的小狍子。姐流泪，还打噎，后来呕吐，竟吐出一口淤血，嗓子肿得汤水不进。

二柱子安顿下姐姐，急急把狍皮狍肉卖给小贩王麻子，竟得钱一千元。

几天后，姐病好了，又能下地给二柱子擀白面条了。二柱子的心活动了。终于在一天夜里，二柱子悄然拎起洋铳要上山，一转身，却见姐挡在面前。

二柱子说："俺们要发财啦！"

姐拉住他。

二柱子说："俺和你好，明年要盖大房子，要你享福！"

姐仍死死拉住他。二柱子晃身子挣。屋里屋外，姐终于力尽倒地。

二柱子前脚刚跨出大门，身后竟有人喊："别，别打！"

二柱子前跑几步，突然明白过来，扔下洋铳，转回身抱住姐。姐流着泪说："你，你先打死俺吧！"

二柱子抱起姐一圈一圈地转……

暗夜里，乔家庄的上空飘荡着二柱子的喊声："俺婆娘会说话啦！俺家秀玲会说话啦！"

姐边说边笑边流泪，我和爹娘也流泪。

"姐夫呢？"我问。

"俺们去找他！"姐拽我跑向山林。

山林蓊蓊郁郁，远远的，一壮汉肩背洋铳，领一只黄狗，大踏步向山下走来。

姐说："那就是二柱子，现在是护林员，义务的。"

我点点头，对姐说："我听见了喜鹊在唱歌！"

两只狼

吕 睿

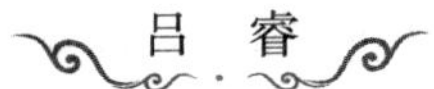

风刮了整整一天，傍晚的时候下起了鹅毛大雪。

他和她，是两只白色的狼，他曾经是个狼王，个子很大，很结实，目光锐利而有神，牙爪坚硬有力；她个子小巧，嘴巴黑黑的，眼睛始终是眯笑着。他是山的样子，她是水的风格。

他们可谓青梅竹马。很小的时候，他就征服了她。然后，他们在一起相依为命，共同生活了整整八年。

他总是伤痕累累，疲于应战。她是那样的柔弱，每次他离开家的时候都担心那些天敌会乘虚而入。危险来临，他总会第一时间冲回来救她。有几次他深入老虎和土狗的洞穴里，像孤胆英雄一样把她救出来。那个时候，他就像一个威风凛凛的战神，没有任何对手可以扼制住他。好多狼都喜欢他，都来请他回去继续做王，可他说什么也不肯。在他看来，他的功名是她给的，没有她，他只是一只普通的狼，他能和她在一起就是一种幸福。

天渐渐黑了下来，他们想尽快弄到果腹的食物。在森林里转悠了好长时间，雪把一切变得洁白，大地像盖上一层厚厚的棉被，他们没有找到任何食物，只得朝灯火依稀的村子走。本来他们是并肩而行的，这时，他非要走在前面，因为，这种天气很可能遇到猎人下的夹子。走着走着，突然，轰的一声闷响从他们的脚下传来。她发现他在她的视线中消失了，她的眼前呈现出一个黑洞,她试探着走向洞边。

他有一刻是昏厥过去了,但他很快醒了过来,并且立刻弄清了自己的处境,他发现自己只不过是掉进了一口枯井里,没有水,是不要紧的,大风大浪都闯过来了,这算不了什么。他发出一声长叫,示意她不要往前走小心滑下来,再说走近了,也许自己往上冲的时候会撞着她。

她听见井底传来一声他信心十足的深呼吸,然后听见由近及远的两道尖锐的刮挠声,随即是一种东西重重跌落的声音。

他刚才一跃,跃出了有一丈多高,但是离井口还差老大一截呢。她趴在井沿上,先啜泣,继而是呜咽着说:“都怪我,不让你走在前面就好了。”他在井底反倒笑了:“要是你走在前面不是更糟吗?你的力量怎么和我相比?”……

有时离开井台,她总觉得当她离开后会有奇迹发生,再回来时,他会站在井边了。可是好几次了,当她回到井台边时,看到的还是井底的他大汗淋漓。而他看到了她,就会忘记了自己的处境,嘻嘻地向她笑……当她饥肠辘辘,忽然想起了他们已经好长时间没吃东西了,她想为他弄点吃的,那样,也许他吃了东西就会跳上来。于是,她离开井台,消失在森林中。

天黑的时候,她疲惫不堪地回到了井台边。整整一天,她才捉到一只没有长大的小松鼠,她用嘴衔着,扔到了井底。

这时,她看到他正在那里忙碌着,他在把井壁的冻土一爪一爪地抠下来,把它们收集起来,垫在脚下,把它们踩实,他想这也许是他出去的唯一办法。他肯定干了很长一段时间。他的十只爪子已经完全劈开了,不断地淌出鲜血来,天亮时分,他停下来了,他对工作很满意,也许这样下去总有一天他会把这口井填平。

但是就在这时,猎人循着雪地上的脚印发现了他们!

她看见有人走来,急忙逃遁于森林。猎人发现了井底正忙着的怀揣憧憬的他,然后朝井里放了一枪。他一下就跌倒了,再也站不起来。猎人没想打死他,因为猎人知道,给他留口气,他能发出声音,他的同伴还会回来的,

那样,他会有双重收获。

她是在太阳落山之后才回到这里的。但是她没有走近井台就听见他在井底嗥叫。他在警告她,远远离开他。她很焦急地询问他到底发生了什么事。他说他流了许多血,站不起来了,他叫她不要再管他了,有猎人来了,赶紧回到森林中,走得越远越好……

猎人在井边不远处守着,她说不清哪来的力量,跑的速度像飞一样,还没等猎人反应过来(也许他是被这美丽的白色生灵震慑了),她就把衔着的一个小松鼠扔进井底。接着她飞也似的离开,她想她不能死,只有她还活着他才有希望。枪声响了,可她早已消失在茫茫的森林中,枪响的时候,他在枯井里发出长长的一声嗥叫,这是愤怒的、撕心裂肺的嗥叫。

天亮的时候,猎人熬不住了,打了一个盹儿。这时她出现在井边,尖声地呜咽着,她要他坚持下去,只要他还有一口气,她就会把他从这口该死的井里救出来。在接下来的几天时间里,她一直在与猎人周旋着,猎人向她射击了九次都没有射中她。

但是第四天的早上,他们的嗥叫突然消失了。猎人朝井下望去,那个受伤的公狼已经死在那里了。他是撞死的,头歪在井壁上。他想,如果再这样继续下去,早晚有一天他的她会死在猎人的枪口下,这样他的心会碎的,所以他宁愿独自赴死。

猎人想:那只活着的狼不会再出现了。他想回村子里取绳子把井下这只狼弄上来,可没走多远就站住了。她站在那里,精疲力竭,心碎神伤,青白色皮毛被风吹动着,飘逸的感觉仿佛是森林中最古老的精灵。她微微地仰起她的下颌,似乎轻轻地叹了一口气,然后,她朝井这边轻快地奔过来。猎人几乎看呆了,直到她跑到井边他才匆忙地举起了枪。枪声响过,她顺势滑落到了井底。

猎人回村去取绳子,可停了两天的雪又大起来了,风吹得很猛,猎人想到第二天风雪停了之后再去探囊取物。可这一夜,狂风卷着大雪早已填平了枯井。第二天清早,大地重归一片洁白,谁也找不到他们了……

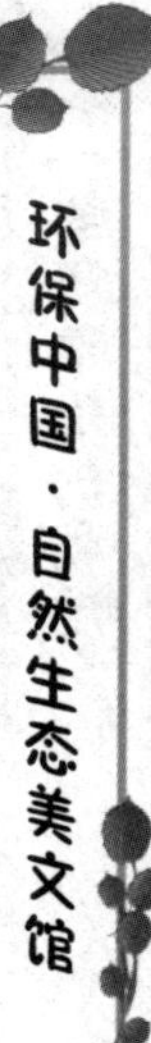

缠在树上的记号

白小良

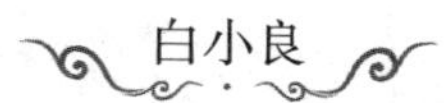

刚过白露，张十年就开始放山了。

一个人过了砬子河往北边老林子里走。

张十年站住了，顶风的林子里有一股味道，嘤嘤的哭声也传过来了……他咬住下唇，一听就知道遇上什么了，想都没想就迎了过去。一只狐狸让猎人的夹子夹住了，火红色的。猎人下套子本来是对付野猪的，狐狸有时候也不够聪明。

屯子远近的人是不打狐狸的。

张十年就过去解救它。

火狐狸眯缝一双月牙形的眼睛，有些迟疑，还算配合。它前爪受伤出血了，张十年往伤口抹烟灰止血。最后，松绑了的火狐狸直摇大尾巴，它在张十年前面蹦着走，还不时回头看他一眼。

出了那片枫树林和白桦林，火狐狸不知什么时候不见了。

张十年感觉有点异样，便顺着火狐狸消失的方向走了很长时间，不料进了一个奇怪的地方，举目浑圆的巨石，上面满布苔藓。一棵棵古树苍劲挺拔，枝上满是淡绿色树挂飘呀飘的。

空中弥漫着非同寻常的气味。

一种药香。

低下头，再蹲下，哇——看清了。

没错，竟然是一片红榔头的人参哪，没错。虽然全都是两个叶的小参，但这可是“开山钥匙”呀。

他赶紧放下手里的棍子，按放山的规矩，找来三块石头立了一个“老把头庙”，念叨了一番。

小参四边要插四根棍，固参，得按大参的规矩一个个请。

折了黄波罗的小棍，插好了。跪拜着请，动手划拉土，忽然听见什么鸟叫了一声，不，是喊他的名字。两只鸟在上边的树枝上摇头晃脑。

刚要伸手动土，竟又和刚才一样，鸟仍在叫他。

怪了，真真切切叫他的名字“十年”。

这难道还有什么讲究吗？张十年慢吞吞地直起上身，咬着厚唇，用他简单而纯真的头脑分析着这个声音的含义。

莫非，是要我不要着急，放一放，等待它长大了再来请？从父辈那儿接过来的放山经验告诉他，要注意身边的一切，因为万物皆有灵哪。

他迅速算了一下账。

现在这些小参，才几个钱呀？可是，要是我有点耐性，等待它们几年，等它们长成四个叶、六个叶时，哎呀呀，那可是值了大钱了。

会不会让别人发现呢？他摇了摇头，然后，又点了点头。

别犹豫不决了。

就这样定了吧。

男子汉，要从长计议呀。

不过，要记住这地方，在旁边树上做一个记号。

腰带，本命年的红布条拆开一条，缠绕在这棵紫椴树杈上。

对了，到不远地方扒来一块白桦树皮包上石头，抽剩的烟头在树皮上写上“十年”两个字，用装干粮的塑料袋子包上放椴树杈上了。

时光轮转，十年并不漫长。

这一苗苗小山参汲取天地灵气渐渐长大了。

看吧,那长长的芦头,密密的皱纹,修长的双脚叉开,上边缀满了极多的珍珠点。

张十年娶了亲,是他钟情已久的本屯那位愿意穿红衣服的姑娘,胡宏姗(山里人竟取了这么一个名字),长了一双月牙形的笑眼……等一下,还是慢慢叙说吧。

放山的收入一年不如一年了,张十年违背了老父亲的意愿,坚持改了行,跟穿山屯不少人一样到城里找活计去了。他跟胡宏姗恋恋不舍地告别。

过了不少年,赶上国庆放长假,张十年回来了。

花那么多路费,就是为了到当年做了记号的参地去。

想找人一起去,算了吧,只带了家里的那只老黄狗。过了那片红得如血的枫树林和白俏俏的桦树林不久,老黄狗开始骚动不安,老叫唤。

喝住它,张十年也停下来了。不会错的,当然是老地方了,可为什么仍然有嘤嘤的声音传过来呢……不用说,这是狐狸的叫声,张十年霎时间有一种时空错位的幻觉。

火红的狐狸,正向他摆尾巴呢,但不是一只了,这儿,竟然成了一个笼养狐狸的场子。好在那棵紫椴树仍然在那儿,树上没了当年做的标记。而树的前边,原先的林子早已被几大片参园子取代了。

棚子下的人参全都举着红榔头。

张十年一阵子头晕目眩。

正巧,一辆越野汽车驶至简易房前面,下来了几个人。

他们神情有些奇怪,过来问张十年从什么地方上来的。

张十年没回答,反问他们有没有批准手续。

肚皮大的那个人就笑了一下,打量着张十年反问:"你到我这里来,我要问你有没有批准手续呢?"

张十年没想到这个胖子会问自己这样一句话。

他愣住了,指着老椴树说:"我放在这棵树上的东西就是手续。我就叫十年,张十年,我,是我发现这儿有参的……"张十年咬着厚嘴唇说。

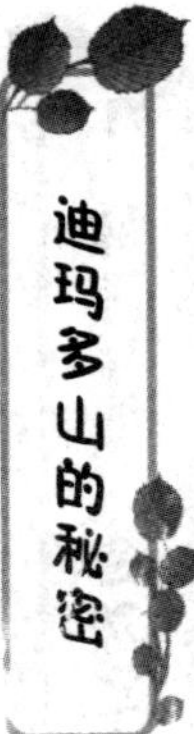

你发现这儿有参？这明摆着的事还用你发现吗？那个胖子怪怪的表情忽然有了一丝生动，汽车里下来一位穿红衣服的女子，老黄狗直摇尾巴迎过去。原来，她就是胡宏姗哪，穿戴阔气，一双月牙形的眼睛直眨巴。